novum pro

HORVÁTH LÁSZLÓ

Mira maharani

novum pro

Minden jog fenntartva, beleértve a mű film, rádió és televízió, fotómechanikai kiadását, hanghordozón és elektronikus adathordozón való forgalmazását, valamint kivonat megjelentetését, illetve az utánnyomását is.

Nyomtatva az Európai Unióban környezetbarát, klór- és savmentes, fehérített papírra.

© 2025 novum publishing gmbh
Rathausgasse 73, A-7311 Neckenmarkt
kiado@novumpublishing.hu

ISBN 978-3-7116-0414-9
Lektor: Sósné Karácsonyi Mária
Borító, tördelés & nyomda:
novum publishing

www.novumpublishing.hu

– Üdvözlöm önt, Mr. Rodmell – lépett a férfi mellé az előkelő teremben egy öltönyös férfi.

– Hát ön az, Mr. Wolf! – fordult csodálkozó tekintettel a másik férfihoz, miközben kezet fogtak egymással.

– Örülök, hogy itt tisztelhetem az éves eseményünkön az aukciósházunkban. Remélem, ahogy eddig is, úgy most is eredményes lesz az aukciósházunk és az ön drágakőbányái közötti kapcsolat – folytatta.

– Mindig csodálom – nézett az ékszerészre a bányatulajdonos Mr. Rodmell –, hogy az én bányáimból származó drágakövekből önök milyen briliánsokat tudnak varázsolni. Itt, az önök városában, a Sotheby's-ben az önnek szállított drágaköveim értéke mindig szerencsésen alakul – mosolygott elégedetten a bányatulajdonos. – A katalógust átnézve – folytatta –, a hírességek között egy-két előkelőség megunt ékszerei is kalapács alá kerülnek. Így a sok gazdag ember, ha kedveskedni akar a feleségének, kénytelen mélyen a pénztárcájába nyúlni – nézett a partnerére a bányatulajdonos.

– Mint ön is tudja, Mr. Rodmell, az ékkövek értékét nagyban növeli az a tény, hogy melyik híres ember viselte ezeket a briliánsokat. Biztosan most ön is Diana hercegnő ikonikus ékszerére, a nagy keresztre, az „Attallah Cross" medálra gondol.

– Vajon igaz lehet, Mr. Woolf – nézett az ékszerészre a bányatulajdonos –, hogy a négyzet alakúra csiszolt fekete gyémántok nem is földi eredetűek? Sajnos ezt a gyönyörű követ nem az én bányáimban találták, pedig szívesen dicsekednék vele.

– Most jut eszembe – szólt az ékszerész –, küldtem önnek egy levelet az aukciósházunk nevében. Mint ön is tudja, a királyi családban változások történtek. A gyermekek felnőttek, és újabb és újabb igények lépnek fel az ékszerekkel kapcsolatban. Ezért fordulunk önhöz, Mr. Rodmell, mert az ön indiai drágakőbányáiban a minőségi kövek nagyon gyakoriak. Hozzá kell tennem, ami még ön mellett szól, hogy az áraival, a kövek minőségével, a szállítás pontosságával mindig elégedettek voltunk – mosolygott az ékszerész. – Ezért kérjük, hogy állítson össze részünkre egy minta-katalógust, hogy a nyers, nagy, vágott drágakövekből ízlésünk szerint választani tudjunk.

– Örömmel, Mr. Woolf. Tudja, épp jövő héten szándékozom Új-Delhibe utazni, és onnan sorban felkeresem a bányáimat. Ígérem, Mr. Woolf, hogy a minőséggel és az árakkal kapcsolatban is megtaláljuk a közös hangot – mosolygott a bányatulajdonos.

Ekkor a teremből, ahol Diana hercegnő fekete gyémántos keresztjét árverezték, hangos csodálkozás moraja hallatszott.

– Elkelt, látod, elkelt – hangzott bentről.

Ekkor egy kijövő ismerőse szólította az ékszerészt.

– Képzelje, Mr. Woolf, Diána keresztjét most vásárolta meg a híres színésznő, Kim Kardashian. Három jelölttel szemben sikerült egy vagyonért megkapnia – magyarázta egy férfi.

– Hát igen – mosolygott Mr. Woolf a férfira. – Erre mondják az angolok, hogy „Ez a világ egyeseknek nagyon szép, mert arra törekednek, hogy legyen mivel széppé tenni".

– Az itt kiállított kollekciókat végignézve ez a mondás önt igazolja, Mr. Woolf – nézett az ékszerészre a bányatulajdonos. – Ha megengedi, még kicsit széttnéznék a kiállított darabok között.

– Ha ön valóban ritkaságot akar, kérem, a terem végében talál egy nagyon ritka kiállított tárgyat.

– Az is valamilyen új drágakő-kollekció? – kérdezte Mr. Rodmell.

– Nem, nem, az egészen más jellegű, egyedi darab. Látom, kíváncsi lett, Mr. Rodmell. Ott azoknak a textíliáknak, amiket ön lát – mutatott a sarokba az ékszerész –, a mintázata kagylóselyemből készültek.

– És az mi? – kérdezte csodálkozva a bányatulajdonos.

– Menjünk ki, és nézzük meg – indult az ékszerész. – Tudja, Mr. Rodmell, kevesen tudják, hogy az igazgyöngyöt termelőn kívül van olyan kagyló Szardínia szigetén, amely vékony selymet állít elő. Ez a Pinna nobilis kagyló. Ennek az életciklusát, lelőhelyét és a selyemszál feldolgozását csak egyetlen család ismeri. A feldolgozás titkát családon belül adják tovább a fiataloknak.

– Ez gyönyörű, Mr. Woolf!

– Ezt a csodálatos textíliát kár lenne elveszíteni. De csak remélhetjük, hogy az egyetlen örökös, ha meg is tartja a titkot, átadja, vagy folytatja ezt az értékes családi hagyományt.

– A remény valóban fontos, Mr. Woolf, és köszönöm az értékes tárlatvezetést. Most mennem kell, de ígérem, nemsokára újra találkozunk.

– Én is ezt remélem, Mr. Rodmell – mosolygott az ékszerész.

A London és Új-Delhi közötti repülőjárat gépén már elfoglalták a helyüket az utasok. Mr. Rodmell a gép törzsében, az ablak mellett kapott helyet. Egy légiutas-kísérő hölgy állt meg a bányatulajdonos mellett. A háta mögött egy lány várakozott.

– Ez az ön helye, kisasszony – mutatott a bányatulajdonos mellé a stewardess.

– A csomagját felteszem ide – tette hozzá, miután a fej melletti csomagtartóba tette a fiatal nő utazótáskáját.

A lány szótlanul leült Mr. Rodmell mellé, becsatolta az övét, lassan lehajtotta a fejét, miközben az arcát a két kezébe temette. A bányatulajdonos csodálkozva nézett rá. Ápolt, csinos teremtés volt.

A gép motorjai felzúgtak, és a repülő lassan a kijelölt felszállócsíkra gurult. Lassan elindult, majd a gyorsulás után felemelkedett. Mr. Rodmell a lány felé fordult, aki arcát a tenyerébe temette, és a vállai remegtek a zokogástól. Nagyon mélyről jöhettek az érzelmek, mert a lány határozott, magabiztos fiatalnak tűnt. A gép a meghatározott légifolyosóba repült.

– Kicsatolhatják az öveket – hallották az ülés mellett megálló légiutas-kísérőtől.

– Kérem, szóljon, ha önnek vagy a kisasszonynak valamire szüksége van – nézett Mr. Rodmellre, és lassan továbbment. A lány még mindig nem nézett fel, arcát továbbra is a két kezébe temette. Lassan elcsendesült minden, csak a gép monoton zúgása hallatszott halkan. Ekkor Mr. Rodmell csendesen, de érthetően megszólalt:

– Egyszer volt, hol nem volt – kezdte szinte tagoltan –, volt egyszer egy kislány. Szép volt, okos, és persze akaratos is. A sok barátnő nagyon irigyelte a sikerei miatt. Fejébe is szállt a dicsőség, és inkább a külsejével törődött és a tanulást is kicsit hanyagolta. Otthon is követelőzött a szép ruhákért és divatos ékszerekért. A fiúk versengtek, hogy vele járhassanak. Egy csúnyácska barátnője volt, akit megkért, hogy figyelmeztesse őt, ha már nagyon nagyképűen viselkedik. Ezért volt ő okos lány. Az egyik buliban a fiúk bedrogozták és megerőszakolták. A lány otthon nem merte megmondani, mi történt. Azt vette észre, hogy terhes. A csúnyácska barátnője azt mondta:

– Te szép vagy, okos vagy, előtted az élet. Most olyan történt veled, ami súlyos következményekkel járhat, és tönkreteheti az egész életed. Ráadásul a bajoddal egyedül is maradhatsz. Mivel nem a szerelmedtől vagy terhes, hanem megerőszakoltak, ezt az állapotot törvényesen meg tudod szüntetni. Ha megtartod a gyermeket, olyan élet vár rád, amit nem te választottál, hanem felelőtlen fiatalok tettei tennék tönkre a jövőd. Most törvényesen szüntesd meg ezt az állapotot, hogy továbbra is te irányíthasd az életedet. Ezután is sorban jönnek olyan események, amiket magadnak kell megoldani. Akármilyen fájó eseményről kell döntened, egyet ne felejts el: a saját sorsod mindig te irányítsd! Ha majd egyszer társat keresel, csak hideg fejjel válassz. Nevezd el ezt „okos szerelemnek", és rejtsd el jó mélyen a nagyon-nagyon féltett bugyrocskádba.

A lány felemelte a fejét, sóhajtott, kisírt szemmel a férfira nézett. A szája még remegett, de így szólt:

– Köszönöm ezt a tanulságos mesét. Jólesett, hogy nem faggatózott, hanem példával próbált tanácsot adni, Mr... – nézett kérdőn a férfira.

– Mr. Rodmell. De önnek, kisasszony, legszívesebben Mr. Élettapasztalatot mondanék.

– Igen, ez találó lehet, Mr. Élettapasztalat – nézett rá a lány. – A meséből gondolom, hogy ön mellőzni szereti a bajokat, és csak utána kezelni. De én csak most már kezelni tudom, ami velem történt. Tudja, Mr. Rodmell, hogy a legfrissebbel kezdjem, tegnaptól én lettem a mi családunk egyedüli élő tagja. A szüleim tegnap autóbalesetben meghaltak. Se testvérem, rokonaimat is csak fennmaradt családfámról ismerem. Egyedül maradtam ebben a világban.

— Elnézést, és részvétem, kedves kisasszony — vágott közbe a férfi —, vagy hogyan is szólíthatom önt — nézett a lányra.

— Mira vagyok. Deol Mira. Most Új-Delhiből Bombaybe utazom, a szüleim pici lakásába. Ők mindent pénzzé tettek, hogy Angliában tudjak tanulni. Azzal háláltam meg az odaadásukat, hogy mindig kitűnő tanuló voltam. Ők úgy gondolták, hogy sikeres tanulmányaim miatt mindig esélyes vagyok egy szép, boldog jövőre. Hálás vagyok ezért nekik, és mindent megteszek, hogy megadjam azt a tisztességet, ami jár nekik — mondta lehajtott fejjel a lány.

— Ez alatt a rövid idő alatt — kezdte a férfi — látszik az ön tudatos gondolkozása, kedves Mira. Úgy látom, ön képes a további életével kapcsolatban komoly döntéseket hozni. Egyelőre az útjaink egy irányba vezetnek — folytatta. — Én is először Bombaybe utazom. Onnan majd le, az ország déli részére. Várják önt Új-Delhiben? — nézett rá a férfi.

— Nem, nincs, aki várjon — nézett rá a lány.

— Akkor, ha nem zavarja önt, kisasszony, folytassuk együtt közös utunkat — mosolygott rá Mirára.

— Örömmel, Mr. Rodmell. Ne vegye tolakodásnak, de a várható hosszú utunk során mesélne arról, miért fog ön végigutazni egész Indián? — nézett a lány a férfira.

— Tudja, kedves Mira, a válaszom régmúlt időkre vezethető vissza. Az őseim tevékenysége is Indiához kapcsolódik. Persze nem a származásom miatt, hanem a nagybetűs történelem okán.

Mira csodálkozó szemmel nézett a férfira.

— Az őseim Angliában bányászok voltak. Mint tanulmányaiból ön is tudja, az európai nagyhatalmak, élükön a portugál hajós nemzettel, elindultak felfedezőútra. 1498-ban Vasco da Gama megkerülte Afrikát és eljutott Indiába is. Mi angolok 1600 végén,

I. Erzsébet uralkodása alatt felfedezőútra indultunk. Most mondhatnám, hogy a többi hozzánk hasonló nemzettel együtt, amit találtunk aranyat, fahéjat, gyapotot, nemesfémeket, mind-mind az anyaországba szállítottuk. A nemesfémbányákat aprópénzért megvettük, és a mi hasznunkra tovább bányásztak nekünk az őslakosok. Az én őseim négy ilyen drágakőbányát vettek. A dolgozók annyi fizetést kaptak, amennyi drágakövet találtak. Szerencsére ezek a bányák értékes, jó minőségű drágaköveket adtak.

– És az ön családjának van itt az ország déli részén négy ilyen bányája? – szólt közbe a lány.

– Úgy pontosabb, kedves Mira, hogy nekem van négy drágakőbányám itt önöknél – nézett a lányra. Mira bizonytalanul kérdezte:

– A családjával történt valami?

A férfinak megremegett a szája és halkan annyit mondott, hogy „igen". Pár másodperc hallgatás után folytatta:

– Igen, de persze ez is hosszú történet – tette hozzá szomorúan.

– Bocsásson meg, Mr. Rodmell, a tapintatlanságomért, nagyon sajnálom – mondta Mira.

– Nem történt semmi – nézett a lányra. – Honnan tudhatnánk, ki milyen sorsot élt már meg az eddigi élete során? – tett hozzá.

– Valóban – nézett Mira a férfira. – De ön, Mr. Rodmell, már elég sok dolgot és történetet ismer. Mesélne még valami érdekességet? Mindegy, hogy mit, csak jó volt hallgatni, ahogy szépen, ízlésesen szövi egyik mondatot a másik után – nézett a férfira mosolygósan a lány.

– Köszönöm, hogy ilyen okosan témát váltott. Dicséretes ez a tulajdonság – felelte mosolyogva a bányatulajdonos.

– Köszönöm – szólt Mira pironkodva.

– Igen – kezdte a férfi. – Van egy idevágó történetem. – Ismeri azt az anekdotát, hogyan került a kínai teacserje a messzi Angliába? – nézett rá kérdően a férfi. – Nagyon egyszerű – folytatta. – Ellopták az angolok.

A lánynak tágra nyílt a szeme.

– Méghozzá így, Indián keresztül – tette hozzá a férfi. – De nincs ebben semmi kivetnivaló, mert mindenki mindenkivel üzletelt, és vittek az anyaországba, amit lehetett. Bár ez a kínai teacserje egy nagyon jól megszervezett szállítást igényelt. Tudja, kedves Mira, I. Erzsébet angol királynő 1600 végén jóváhagyta a Kelet-Indiai Társaság megalakulását, kizárólagos kereskedelmi tevékenységgel. Mint köztudott, Kína Angliától messze van. Hajón a leszüretelt teafű szállítási ideje hosszú hónapokig tartott. De az angolok otthon délutánonként teázni akartak, és sok pénzt fizettek a jó minőségű teafűért. Az angol kereskedők megkeresték Kínában a teaültetvényen dolgozók vezetőjét, hogy angol vendégmunkásokat is vegyen fel dolgozni. Nagyon védték a teacserjék termesztésének és ápolásának titkát, ezért csak 2-3 embert engedtek ott dolgozni. Az egyik ilyen személy, akit az angolok odaküldtek, nem volt más, mint egy holland botanikus. Azzal bízták meg az angolok, hogy ahogy lehet, szervezze meg, és Indián keresztül lopjon el 100-150 cserjét. Azért Indián keresztül, mert India már angol gyarmat volt. Itt átcsomagolták egyenként a teacserjéket, és gondosan Angliába szállították. Évek alatt elszaporodtak Angliában a teaültetvények. Megcsappant a Kínából importált teafű-szállítmány. Az angolok jól járnak, a kínai ültetvényesek közül pedig sokan tönkrementek. Látja, kedves Mira, ez a történet is azt bizonyítja, hogy az ember gyarló és mindenki arra törekszik, hogy övé legyen mindenből a legszebb, legjobb, akármilyen árat is kell fizetni érte.

Mira ránézett a férfira, és huncut mosollyal a szája szélén így szólt:

– Most mi, Mr. Rodmell, Angliából Indiába utazunk. Egy üzleti úton egy angol kereskedő a haszonra, a különös értékekre és az értékeinek növelésére gondol. Mi Indiában másképp gondolkodunk az emberekről, állatokról és az értékeinkről. Mi nem csak az ember tanult tudására törekszünk, hanem az emberi elme, lélek és test harmóniájának összehangolására is. De mivel kettőnk közül nem én vagyok a bölcsebb – mosolygott Mira a férfira –, és a gép is mindjárt leszáll Új-Delhiben, valószínűleg később fogjuk folytatni a beszélgetést, Mr. Rodmell.

– Valóban – szólt a férfi, mikor a pilóta kérésére mindenki elkezdte becsatolni az övét.

Az átszállás a Delhi–Bombay járatra gyorsan ment. A repülőgép ajtajában két légiutas-kísérő népi viseletben, vörös tónusú száriban köszöntötte az utasokat. Érdekes volt a derékig fedetlen felső és a szoknyaként használható, díszes anyagból készült alsórész. A papucs, a „csapi", egy talpból és két pántból állt. Imára összekulcsolt kéz, amely főhajtáskor „namaste" üdvözlés kísért – felemelő volt. A gondoskodó meglepetés tovább folytatódott. A légiutas-kísérő kisasszony gőzölgőn forró szalvétát tette csipesszel a pici asztalra.

– Ez az arc felfrissítésére és kézmosásra szolgál – mondta. Ezután vegetáriánus és normál étlapot nyújtott át. Egy kis üvegcséből indiai illatnövény édeskés, émelyítő illata érződött. Mindez egyetlen szó nélkül, tiszteletteljes mosollyal történt.

Mira a férfira nézett, és láthatóan büszkén meg is jegyezte:
– Ahol a gondos, nagy lélek jelen van, ott nincs szükség szavakra – mondta mosolyogva.
– Nehéz a csodálkozástól megszólalni – szólt Mr. Rodmell.
– A céltudatos angol bányatulajdonosból egy érző lelkű indiai bányatulajdonos formálódik. De gyorsan elnézést is kérek, mert nem minősíteni akartam, Mr. Rodmell.
– Értem én, értem – szólt nyugodtan a férfi. – De azt tudnia kell, kedves Mira, hogy a kereskedéshez és egy tulajdon vezetéséhez nem árt egy kis határozottság – mosolygott a férfi. – Viszont az is igaz – folytatta –, hogy néha szét kell választani a kemény kereskedőt és az érző embert. Tudja, kisasszony, volt is erre lehetőségem, hogy bebizonyítsam. Aki rászolgált a bizalmamra, az meg is kapta tőlem. Hadd mondjak el önnek egy történetet, ami engem is nagyon megfogott – mondta kissé izgatottan a férfi. – Kedves Mira, a bányában van egy nagyon szigorú szabály. Amit ott dolgozó talál, az mind a tulajdonost illeti meg. Az ott dolgozók között van jó ember, és van, aki esendő. A tulajdonosnak ezt érezni kell. Történt egyszer, hogy az egyik dolgozóm családjában az egyik gyermek sokat volt beteg. Az apa megbízható ember volt. Mindenki úgy gondolta, hogy soha nem nyúlna ahhoz, ami a bánya tulajdona. A gyermek rosszul lett, kórházba került.

- Műtét nélkül a gyermek ezt a betegséget nem éli túl - mondta az orvos.
Ez a férfi bejött hozzám az irodába. Rám nézett, és így szólt:
- Mr. Rodmell. Vége a munkaidőmnek, most megyek haza. Megmotoztak, de nem találtak nálam semmit, amit haza akartam volna vinni.
- És? - néztem rá kérdően.
- Pedig van nálam egy kis gyémánt, amit ma itt a bányában találtam.
Csak néztem rá, és vártam, mit mond.
- Tudja, Mr. Rodmell, az ember a családjáért megtesz mindent, amit lehet - folytatta. - Én is megtennék mindent, amit lehet, de az én problémámra ez sem elég. Nem tudok összegyűjteni annyi pénzt, ami a gyermekem operációjára elég volna. Ezért akartam ezt a gyémántot hazavinni és az üzéreknek eladni, hogy napról napra lassan összegyűjtsem az operációra a pénzt. De tisztelt Mr. Rodmell, eddig öntől én egy gramm gyémántot haza nem vittem. Ez az én értékrendembe nem fér bele. És nem akarok hazardírozni azzal, hogy nap mint nap kockázatot vállaljak, hogy az operációt ki tudjam fizetni. A munkám és a munkahelyem többet ér annál, rám süssék a bélyeget, hogy hozzányúltam a mások értékéhez. Ezért én most önnek szeretném visszaadni ezt a pici gyémántot és megkérdezni önt, hogy tudna-e nekem abban segíteni, hogy a kisfiam meggyógyuljon - és a férfi kérdően nézett rám.
A kemény arc mögött egy őszinte, nyílt, reménykedő férfit láttam.
- Megtenné, uram, hogy segítene az én családomon? - kérdezte csillogó szemmel. - És akkor, kedves Mira, magamat láttam abban a férfiban, hogy ott áll, segítséget kér, és én neki meg tudom adni, hogy a család egyben maradhasson, egészségesen.
Összeszedtem magam, és azt mondtam:
- Kérem, kérje el a kisfiát operáló orvos nevét és címét. Meglátja - folytattam a férfi szemébe nézve -, az operáció után fog még az ön kisfia boldogan mosolyogni.
A férfi csak áll remegő szájjal.

– Köszönöm, Mr. Rodmell. Nagyon köszönöm.

Ekkor felém indult, és az asztalomra tette a pici gyémántot.

– Tartsa meg, kérem – mondtam neki.

– Nem, Mr. Rodmell. A fiam az enyém, a gyémánt az öné. Ez így tisztességes – mondta.

Ekkor Mr. Rodmell Mirára nézett.

– Azóta is büszkén gondolok arra az emberre.

– Ön valóban nagyon tisztességes volt emberként, és úgy is, mint bányatulajdonos, Mr. Rodmell. De kérem, ne vegye megint tolakodásnak – nézett rá Mira –, hogy értette azt, miszerint a férfi helyében érezte magát? Talán hasonló helyzetben volt ön is? – nézett kérdőn Mira a férfira.

Mr. Rodmell egy szót sem szólt, csak nézett maga elé, majd ki a repülőgép ablakán. Mira megszeppent. Ekkor ért oda a légiutas-kísérő hölgy.

– Enni- vagy innivaló? – kérdezte tőlük.

A férfi csak megrázta a fejét. Mira is így tett bizonytalanul. Pár másodperc múlva a lány felemelte a fejét és oldalra nézett. Mr. Rodmell továbbra is csak ült szótlanul. Ekkor Mira megszólalt. Szépen, tagoltan kezdte:

– Egyszer volt, hol nem volt, volt egyszer itt Indiában egy maharadzsacsalád. Mikor eljött az idő, az uralkodó maharadzsa hívatta a két fiát. Advik volt a rangidős, és Amey a fiatalabb.

– A családunk és a családi vagyonunk erős és gazdag – kezdte az idős uralkodó. – A sok munka és a hozzáértő emberek tették naggyá a birtokainkat. Azért, hogy továbbra is ilyen erős legyen a családi gazdaságunk, döntöttem a jövőnkkel kapcsolatban – nézett a két fiúra az idős maharadzsa. – Advikot, mint elsőszülött fiút, illeti az öröklés joga. Ő viszi tovább családunk vezetését. De azért, hogy ne essen darabokra a gazdag birodalmunk, mindkettőtöknek igazságosan, egyformán elosztottam és pontosan a közepén elfeleztem értékeinket. Így ha azt akarjátok, hogy az egybetartozó kincsek, ékszerek, birtokok újra egy családban legyenek, egymáshoz kell fordulni, hogy megállapodjatok, ki mit ad vissza cserébe. Így egymást segíthetitek, és egyben maradhat birodalmunk.

Ekkor Mira egy pillanatra elhallgatott, majd egy sóhaj után folytatta:
- De sajnos nem így lett. Pár év múlva az örökös családja a kisebb testvér családjára támadt. „Mi vagyunk a törvény szerinti örökösök. Minket illet minden" - kiabálták. Amit a kisebbik fiú családjánál találtak, mind elrabolták. De ekkor lepődtek meg igazán. Az arany, ezüst, gyémánt, kristály ékszerkészletből semmit sem találtak. Kínozták, verték a kisebbik fiú családjait, hogy hova rejtették a családi ékszer másik felét, de a családból a titkot senki nem árulta el, és lassan szétszóródtak különböző indiai városokba. A késői rokonok azt rebesgették, hogy a kisebbik fiú hátrahagyott egy megbízható családnál egy levelet. Abban jelölte meg, hol található a családi kincs. Ezt a levelet még soha senki nem találta meg.
A bányatulajdonos csak hallgatta Mirát. Mikor a lány befejezte a történetet, így szólt:
- Aki ilyen helyzetben is úgy megtalálja a megfelelő történetet, hogy segít oldani a feszültséget, az valóban egy igazi, okos, mély érzésű hölgy. Hogy a szakmámnál maradjak - folytatta a férfi -, így lesz egy drágakőből az évek tapasztalatai után egy szépen csillogó briliáns, kedves Mira.
- Örülök, hogy így vélekedik, Mr. Rodmell. Köszönöm önnek. Ezt a repülőutat biztosan nem fogom elfelejteni. Ez az egész út az én indiai lelkem simogatásáról szól. Ha nem volna ilyen sajnálatos kötelezettségem - nézett a férfira -, szívesen bemutatnám a városom életét és szépségét. De bizonyára várja önt a csatlakozó repülőjárat, ami délre viszi - nézett rá Mira.
- Nincs időhöz kötve az utazásom - szabadkozott Mr. Rodmell. - Egy nap ide vagy oda, az nem számít - tette hozzá. - A szállodában foglaltam szobát, addig maradok, míg dolgom van itt önöknél - tette hozzá. - Otthagytam a csomagjaimat, és ha nem bánja, holnap szívesen ott lennék az eseményen, ami ilyenkor önöknél szokás - nézett a lányra.
- A végtisztesség megadására gondol, Mr. Rodmell?
- Igen, arra. Engem megfog az a szertartás, ami a testet búcsúztatja és a lelket útjára engedi. Mert így folytatódik tovább

az élet körforgása, és a lélek szabadon száll mindig és mindig, örökké – nézett Mirára a férfi.

– Természetesen – szólt a lány.

– Holnap önért megyek a szállodába, mert így egyszerűbb – tette hozzá a férfi.

Most a pilóta megszólalt, és kérésére az utasok becsatolták az öveiket. Érezték, a gép lassan-lassan süllyedni kezdett. A reptér kijáratánál riksák várták az utasokat. Szinte megrohanták azt, akinél csomag volt. Először az egyik riksába Mira beült, és már utaztak is hazafelé. Mr. Rodmell egy másikba szállt, és már indultak is a hotelbe.

– Kövesse őket – mondta a kulinak, és az előttük elinduló Mira után gurultak.

Lassan kezdett sötétedni.

Másnap reggel mindenütt áruval megrakott asztalokról, polcokról, tárolóhelyekről kínálgatták portékáikat az árusok. Néha a kecskéket és a teheneket arrébb kellett tessékelni, mert a zöldségek leveleire fájt a foguk. Az árusok itt aztán mindent megsütöttek, ami mozgott, és ami már nem. Igaz, itt senki nem idegeskedett. Mindenkinek úgy volt jó, ahogy épp volt. A bányatulajdonos észrevette, ahogy Mira egy riksában a szálloda elé érkezett. Mr. Rodmell a lépcsőn jelezte, hogy jön már.

– Szép napot! – mosolygott Mirára a férfi.

– Önnek is, Mr. Rodmell – szólt Mira, mikor elhelyezkedett a riksában.

A jármű csak lassan haladt a szűk sikátorban. Akkor főleg, amikor a teheneket kellett kikerülni. A sok látnivalótól az időt nem is érezték.

– A következő sarkon jobbra – szólt Mira a riksát vezetőnek.

Egy ház előtt megálltak. A kerítésen belül, két állványon két ember feküdt. A hajukat leborotválták. Az apa fehér gyolcsban, az anya színesben. Mira intett egy férfinak. A két embert egy riksára tették, és a gyászolók elindultak. Nem volt messze az Ulhas folyó, ám így, lassan egy óra volt az út. Az senkit nem zavart, hogy egy temetői menet halad végig a sikátorban. Ahol megálltak, egy lépcsősor vezetett le a folyópartig. Közvetlenül

a parton két fából készült máglya állt. A két testet leemelték és
levitték a partra, onnan a folyóba. Mindkettőt ötször belemerítették a folyóvízbe, hogy teljes megtisztulást kapjanak. Ezután
visszahelyezték őket a máglyára. Volt, aki a lépcsőn, volt, aki a
máglya mellett szent dalokat énekelt. Mindeközben nem messze
az egyik oldalon ruhát mostak az asszonyok, a másik oldalon
vízibivalyokat tereltek a folyóba hűsölni. Előttük, közvetlenül
a máglya előtt egy siratókórus az égre nézve, összetett kezekkel
ütemesen ismételte: „Ráma neve az igazság", „Ráma neve az
igazság". Ekkor az aranyszállal átszőtt takaróleplet levették a két
testről, melyeket füstölt tömjénnel megszenteltek. Ekkor a férfi
meggyújtotta a máglyát. Míg a máglya égett, a rokonság szent
imákat énekelt és felemelt kézzel ajánlották az égieknek, hogy
fogadják be a két lelket. Ezalatt Mira odafordult Mr. Rodmellhez.

– Nálunk ez a búcsú az elengedés szimbóluma. Így ezzel egy
élet lezárult. Így tudnak ők majd egy új életet kezdeni, ahogyan
majd mi is, akik hiszünk az újjászületésben – folytatta a lány.

A férfi bólintott, de nem szólt. Közben a máglya lassan már
csak parázslott. Ekkor egy fadarabbal széthúzták a hamut és a
parazsat, hogy a lelkek szabadon távozhassanak. Amikor már
alig parázslott a két máglya, maradványait belehúzták a folyó
vizébe. A megmaradt fadarabokat lassan vitte a víz lefelé. Ezután
a gyászolók elindultak vissza az egyik sikátor felé. Mr. Rodmell
ránézett Mirára. Épp szólni akart, de a lány megelőzte:

– Mi így búcsúzunk, Mr. Rodmell. Most még itt belül – mutatott
magára – kell mindent helyére tenni, úgy, ahogy mi hiszünk és
amit mi vallunk. Ezért hallotta ön is többször az asszonyoktól,
hogy „Ráma neve az igazság".

– Igen, kedves Mira. Épp kérdezni szerettem volna, hogy
Ráma önöknél egy szent volt?

– Nem szent, hanem egy indiai eposz hőse. Ő egy indiai herceg volt, aki másfél millió éve élt.

Mr. Rodmell összehúzta szemöldökét.

– Igen, másfél millió éve – ismételte a lány. – Tudja, Mr. Rodmell,
Ráma herceg egy dél-indiai uralkodó volt. Egy Visnu nevű démonkirály megirigyelte a gazdag hercegséget és elrabolta Ráma herceg

csodaszép feleségét, Szítát, és egy szigetre hurcolta. Ekkor Ráma hercegnek különös segítsége akadt. Szövetkezett az „értelmes majmok" vezetőjével, Hanumánnal, és megépítették szigethez vezető hidat. Ezen keresztül a sereg kiszabadította a szépséges Szítát a démonkirály palotájából. Visszafelé egy varázsige segítségével leromboltatta a hidat, hogy a démonok nehogy azon átkeljenek Indiába. Ezt hirdetik azok a hívők, akik a két ember egységében és az egy közös egészben hisznek. Eddig a legenda, Mr. Rodmell – nézett rá a lány.

– Valóban érdekes történet – szólt a férfi.

Ekkor a sikátor bejáratához értek. Elöl ment Mira, utána Mr. Rodmell. Mira előtt feltűnt egy motoros, háromkerekű taxi-féle. Kissé gyorsan jött. Az emberek alig tudtak elugrani előle. Mira sem figyelt – mint eddig, minden olyan nyugodt volt. Mikor a háromkerekű odaért a lány mellé, Mr. Rodmell úgy látta, mintha a sofőr közelebb kormányozná a járművet Mirához. A visszapillantó tükre épp Mira fejét találta el. A lány rögtön összeesett. A homlokán erősen folyt a vér. A jármű hirtelen fékezett. Kiugrott belőle két férfi. Ekkor már látta Mr. Rodmell, hogy nagy a baj. A sofőr és a másik indiai nézték a vérző fejet. Ezután a sofőr és társa megfogták Mira vállát és a két lábát. Így szakszerűen betették a lányt a háromkerekűbe. Mr. Rodmell aggódva kérdezte.

– Hova-hova?

A két indiai, mintha értette volna, csak azt ismételgette, hogy „Hospital, Hospital". Gyorsan beugrottak a háromkerekűbe, és már el is tűntek a sikátor végén. Mr. Rodmell még mindig alig értett valamit az eseményből, csak nézett maga elé.

– Mi történt a lánnyal? – kérdezte valaki angolul. Mr. Rodmell még mindig csak állt, de az angol szóra a férfira nézett.

– Hogy mi történt? – kérdezett vissza. – Csak gyorsan jött ez a háromkerekű, és a visszapillantó tükör elérte Mira fejét, aki elzuhant a földön – magyarázta. – Ön angol? – nézett a férfira a bányatulajdonos. Nagyon örülök – hajtott fejet. – De most kik voltak ezek, és hova vitték a lányt? – kérdezte csodálkozva.

– Önhöz tartozott a hölgy? – kérdezte kíváncsian a férfi.

- Igen, persze, de nem úgy, csak... - dadogta Mr. Rodmell.
- És most mit akar tenni? - kérdezte a férfi.
- Hát - kezdte bizonytalanul -, meg kell őt keresnem, hogy melyik kórházba vitték. Még a táskája is itt maradt a földön - mutatta az embernek.
- Kérem - nézett a férfira Mr. Rodmell -, eljönne velem?
- Időm van most - mondta a férfi -, de tudja, hogy hova vitték?
- Nem, semmit nem tudok - nézett a férfira Mr. Rodmell.
- Nézze, uram. Ott, a másik sarkon áll egy olyan háromkerekű taxi, mint ez volt, ami elütötte a lányt. A taxisoknak tudniuk kell, hol a kórház. Kérdezzük meg tőle, tud-e nekünk segíteni - szólt nyugodtan a férfi.
- Igen, jó - bólintott Mr. Rodmell, és elindultak a taxishoz. Ahogy odaértek, Mr. Rodmell sietségében szinte feltépte a háromkerekű ajtaját. Gyorsan beült, és sietve ismételte:
- Hospital, hospital - és a sofőr arcába nézett. A sofőr nyugodtan kérdezett vissza:
- Melyik hospital? Állami vagy privát?
A két férfi egymásra nézett.
- Tudja, kérem - kezdte a bányatulajdonos -, egy lány a fején megsérült, és elvitte egy ilyen motoros kocsi.
- És - nézett rá a taxis - mondták, hogy hova viszik?
- Nem, csak azt ismételgették, hogy „hospital, hospital".
- Kérem, Mr. Rodmell - szólt közbe a férfi. - Menjünk egy állami kórházba, mert onnan tudunk érdeklődni, melyik intézménybe vitték a lányt.
- Jó - helyeselte a bányatulajdonos. - Állami hospital - nézett a taxisra.
A tuktuk elindult. A két férfi bizakodóan nézett egymásra.
- Elnézést - nézett a bányatulajdonos a férfira. - Még be sem mutatkoztam. Herald Rodmell vagyok Londonból - nyújtotta a kezét útitársa felé.
- Örülök, uram - mondta az, mikor kezet fogtak. - Én Patrik Everest vagyok, szintén Londonból. A londoni orvostani tanszék professzora vagyok. Épp kutatói munkám miatt utazom Dél-Indiába. Az eredményes kutatásaim érdekében keresem

fel azon lepkefajok élőhelyeit, amelyek vagy őshonosak, vagy a vándorlásaik erre az égövre jellemzőek.

Mr. Rodmell csak hallgatta a professzort.

– Tudja, tisztelt uram, a kutatási programom fókusza a lepkék faj szerinti meghatározása, tevékenységekre bontva. Mert ugye van a púposszövő lepke, a narancs szövőlepke, sőt még van a nagyon ritka pihésszövő lepke. Ezeknél a fajoknál én azt kutatom, kérem tisztelettel, hogy ezek a szövőlepkék melyik égövön vagy éghajlati zónában tudnak szőni, illetve sajnos nem szőni. Mert ugye, kérem tisztelettel, ennek nekünk, kutatást végző professzoroknak a disszertációinkban mindig meg kell jelennie, mikor megvédjük a végzettségünket. Persze én sem hanyagolhatom el, kérem, az indiai szemeslepkék vándorlási ciklusának változásait sem.

Mr. Rodmell csak hallgatta a professzor okfejtését.

– Ez önnek, uram, most valóban nagyon fontos feladat lehet, de az én érdeklődési körömben, már megbocsásson, ez még mindig fehér folt.

– Értem, Mr. Rodmell – szabadkozott Mr. Everest, majd a professzor komolyan ránézett a bányatulajdonosra.

Mr. Rodmell is a férfi felé fordult. A két arc egymásra nézett.

– Mr. Rodmell, van önnél készpénz?

Mr. Rodmell meglepődve mondta:

– Igen, van.

– Én úgy gondolom, uram, ha meg akarjuk találni a lányt, a pénz nagyon fontos lenne. Most kérem, legyen szíves odaadni az összes pénzét, ami önnél van.

A bányatulajdonos kissé bizonytalanul nyúlt a zsebébe. Kivett belőle egy köteg pénzt.

– A másikban is van?

– Igen, van.

– Jó, az most nem kell. Arra majd csak mutatóba lesz szükség.

Mr. Rodmell csak nézte a férfit, aki így folytatta:

– Ígérem önnek, Mr. Rodmell, megtaláljuk a lányt. Csak azt kérem, bízzon bennem – pillantott a bányatulajdonos szemébe. – Kérem, tegye mindig azt, amit kérek öntől – mondta.

A tuktuk megállt az állami kórház előtt. A férfi elővette a köteg pénzt. A taxis ránézett a pénzkötegre.
- Szeretné? - kérdezte Mr. Everest.
A sofőr elhúzta a száját.
- Mit kell tennem érte?
Mr. Everest közelebb hajolt, és így szólt:
- Egy lányt szándékosan elütöttek, majd elraboltak - kezdte. - Gondolom, magánkórházba vitték, mert a taxin semmi jelzés nem volt. Most még délután van. Ez a lány ma éjjel életben lesz, ha szerencsénk van. Vigyen bennünket abba a magánkórházba, ahol szervátültetést vagy szervkereskedelmet folytatnak. Ez a pénz az öné lesz, ha segít nekünk ma éjfélig kihozni onnan a lányt - lobogtatta meg a pénzköteget.
A férfi, miközben gondolkodott, kicsiket bólintott.
- Rendben - mondta -, de most kérem a pénz felét.
- Rendben - nézett a professzor a sofőrre.
- Oké - válaszolta az, és beindította a motort. Mr. Rodmell csak hallgatta meglepetten a két férfit. Egészen a város külső kerületéig vitte őket a tuktuk. Kívülről inkább vágóhídnak nézett ki a környezet.
- Itt vagyunk - szólt hátra a sofőr.
Mr. Everest körülbelül a pénzköteg felét tartotta a jobb kezében. A maradék a másik kezében volt. A sofőr az egyiket elvette.
- Várjanak itt! - szólt vissza a két férfinak.
Mr. Rodmell még most sem ocsúdott fel egészen, de tudta, ez a lepkés ember valamit nagyon tud a rovartanon kívül is. Egy félóra is eltelt már, mire a sofőr megjelent újra. Beszállt a riksába, és odafordult a két férfihoz:
- Elmondom, hogyan és mit kell csinálnunk - kezdte. - Este 10 órára fogunk ide visszajönni, majd...
- Már kilenc óra van, Mr. Rodmell - szólt Mr. Everest. - Én már végeztem, de ön még egy falatot sem evett. Pedig ez a tikka masala tényleg nagyon omlós csirke volt, ahogyan a neve is jelzi - nézett elégedetten a professzor. - De lehet, hogy a noan masala csúszósabb lett volna a vaj miatt - jegyezte meg.

21

De Mr. Rodmell nem figyelt. Nagyon megviselte őt, hogy egy pillanat alatt minden mennyire megváltozott körülötte. Az étterem előtt jöttek-mentek a riksák. Mr. Rodmell nagyon figyelt, amikor elhaladt egy az ablak előtt.

– Még egy félóra, és jön az emberünk – mondta Mr. Everest.

– És ha nem? – nézett rá bizonytalanul Mr. Rodmell.

– Jönni fog, meglátja – vigasztalta a bányatulajdonost.

– Tudja, Mr. Everest, az a furcsa érzés van bennem, hogy csak egy napja ismerem ezt a fiatal hölgyet, mégis mintha évtizedek óta közeli rokonom lenne – nézett rá Mr. Rodmell. – Ugyanaz a nehéz súly van rajtam, mint amikor saját családomban történt a tragédia – mondta csak úgy maga elé.

Mr. Everest kérdően nézett a bányatulajdonosra.

– Tudom, az emberek életük során sok mindent szeretnének elérni, és sokat is tesznek érte. Nekem bányáim vannak, pénzem van, élek mindennapi gondok nélkül. Csak éppen az életem értelmét, a családomat vette el tőlem a sors – szólt elcsukló hangon Mr. Rodmell.

Mr. Everest kérdően nézett rá. A bányatulajdonos egy nagy levegőt vett, felnézett a férfira. Épp szólni akart, mikor egy tuktuk állt meg az étterem előtt. Az ismert taxis volt. A két férfi összenézett, és siettek a háromkerekűhöz. Meg sem szólaltak, csak sietve beültek a járműbe. A háromkerekű most gyorsabban ment, hisz' alig volt forgalom. Rövidesen meglátták a vágóhíd kinézetű kórházat. Nem messze az épülettől megálltak.

– Ön, uram – szólt a taxis Mr. Everesthez –, vegye fel ezt a fehér köpenyt. Ön lesz a doktor. Ott van a felső zsebében a névjegykártya. Ön, Mr. – mutatott a bányatulajdonosra a sofőr –, kérem, feküdjön erre a hordágyra. Ezzel a fehér lepedővel letakarjuk. A fejénél legyen a piros festékkel befestett része. Nagyon gyorsnak kell lennünk – szólt a taxis. – Tudja a szövegét?

– Menni fog! – szólt vissza a „doktor".

A sofőr előrefordult, és elindultak a „vágóhíd" bejárata felé. A tuktuk megállt az épület kapujában. Az oldalsó ajtaját elhúzta a „doktor", hogy egy hordágyon fekvő, véres fejű, letakart személyt lásson a portás.

- Hoztunk egy balesetest. Elütötte a vonat. Azt mondták, oda tegyük, ahova a délután beszállított lány fekszik. Kérem, nézze meg a leszállító füzetben, melyik épületben fekszik a lány – szólt az „orvos" a portásnak.
  – Igen, itt van a bejegyzés. A C hármasban fekszik. Itt előre, majd jobbra hátul – magyarázta a férfi. – De maguk is miért ilyen későn jönnek? Már 10 óra is elmúlt! Mi az a sürgős, hogy nem várhatott reggelig? – kérdezte türelmetlenül.
  – Reggelig? – szólt vissza a „doktor". – Reggel már az áruért jönnek – szólt határozottan, majd folytatta: – Ha jól tudom, a szerelők megjavították már az aggregátorokat ebben az épületben. Elmentek már, vagy még nem végeztek? – nézett a portásra.
  – Nekem nem is szólt senki, hogy hátul nincs áram – szólt értetlenül a portás.
  – Már csak az hiányzik – vágott vissza türelmetlenül az áldoktor –, hogy áramhiány miatt mehessünk tovább a pulykafeldolgozókhoz, a kettes műtőbe – mondta mérgesen. – Most bemegyünk, megnézzük, van-e áram. Ha nincs, jövünk vissza, és továbbmegyünk a pulykásokhoz. Reggelre mindenképpen végeznünk kell, mert sürgős az áru.
  Kívülről régi épület, régi ajtók, ablakok, minden épület falán A, B, vagy C volt.
  – Ott a C hármas – mutatott a sofőr a távolabbi épületre. Sötét volt, csak a tuktuk lámpája világított. Megálltak az épület bejárata előtt. Mindhárman az ajtó felé indultak. A „doktor" rátette a kilincsre a kezét, és lenyomta.
  – Nyitva – szólt hátra izgatottan. Ahogy belépett, oldalt, a falon villanykapcsolót keresett. – Megvan – szólt, mikor megnyomta.
  Fény lett. Olyan éles, ijesztő fény. Egymásra nézett a három férfi. Halkan lehetett hallani az áramfejlesztők morgó hangján. A folyosó jobb oldalán voltak az ajtók. A „doktor" kinyitotta az első ajtót. Takarítószerek és -eszközök voltak benne.
  – Menjünk tovább – szólt halkan, mintha félne, hogy valaki kilép az egyik ajtó mögül. – Talán ez – szólt hátra, mikor a második ajtóhoz értek.

Abban a hűtőaggregátorok voltak, és halkan duruzsoltak, de beljebb volt még egy ajtó. A „doktor" hátranézett. A sofőr és Mr. Rodmell feszülten figyelték, ahogy a vasajtó kinyílik. Jéghideg, émelyítő bűz áradt ki belőle. Mozgó hordágyakon lepedővel letakart testek feküdtek a jéghideg helyiségben. A férfi megborzongott, és gyorsan becsukta az ajtót. Siettek ki a folyosóra.

– Itt nem lehet a lány, ha életben akarják tartani – szólt hátra. – Talán itt, a harmadikban – tette hozzá. Óvatosan rátette a kilincsre a kezét, és benyitott. Sötét volt.

– Itt a kapcsoló – nyújtotta a kezét, és felkapcsolta a villanyt. Egy lány feküdt az ágyon.

– Mira! – kiáltott Mr. Rodmell. – Mira! – ismételte a férfi.

A lány behunyt szemmel, egyenesen feküdt. Látszott, hogy lélegzik, de infúzió nem volt bekötve.

– Jól benyugtatózták – szólt a „doktor". – Kérem, az autóból hozzák be a hordágyat – szólt hátra a sofőrnek.

Mr. Rodmell odalépett a lány ágyához. A szeme nagyon csillogott, de csak ismételte:

– Mira, kicsi Mira – és megfogta a lány kezét.

Finom érintése volt, de még a keze is fenséges, mint egy igazi női kéz. Ekkor ért be a sofőr a hordággyal, és rátette a másik ágyra. Átemelték Mirát. Elöl a sofőr, oldalt Mr. Rodmell, hátul pedig a „doktor". Óvatosan elindultak a folyosón a kijárat felé. Határozott léptekkel értek a kijárathoz. Mr. Rodmell kinyitotta az ajtót. A „doktor" a tuktuk hátuljára tette a hordágy elejét, és oldalról belépett a tuktukba. A hordágyat úgy, ahogy volt, előre tették, az oldalsó ajtó elé. Letakarták a pirosra festett lepedővel.

– Megkeresem az épületben a villamosautomatát, mindjárt jövök – szólt a sofőr. – Mindenki üljön a helyére, mert azonnal sötét lesz – szólt vissza.

A „doktor" úgy helyezkedett el, hogy Mr. Rodmellt eltakarja, a portás ne lássa a férfit. Ekkor az egész épület sötétbe borult. Az autóból nézték, mikor jön a sofőr. A riksa fényszórója világított csak. Mr. Rodmell és a professzor látták, hogy egy alak fut a tuktuk fele. A sofőr odaért, és beszállt a volánhoz. Ránézett a „doktorra".

- Ugye tudja a szövegét? - kérdezte.
- Igen, mehetünk - szólt a férfi.

A portáig most pokoli hosszú volt az út. Már mielőtt odaértek, elhúzta a tuktuk oldalsó ajtaját a „doktor". Még oda sem ért a portáshoz, már mondta:

- Hogy lehet így dolgozni? Az épület sötét, mint a pokol, a gépek állnak bent, mindenhol csak bűz - hangoskodott. - Mehetünk éjnek idején a pulykásokhoz, mert követelni, azt tudnak, de a feltételek nincsenek meg a pontos munkához - szólt mérgesen a portáshoz. - Holnap reggel első dolga legyen, hogy intézkedjék. Ha a vezér ezt megtudja, röpül maga is a szerelőkkel együtt. Megértette? - nézett szigorúan a portásra. - Most siessünk a pulykásokhoz, hogy időben végezzünk - szólt előre a sofőrnek. A sorompó felemelkedett. A riksa elindult, és elkanyarodott a pulykások felé. A sofőr az első mellékutcába bekanyarodott. Összenézett a három férfi. Mira arcáról levették a lepedőt. A sofőr meg is jegyezte:

- Nagyon szép és fiatal lány.

A „doktor" levette a köpenyét, és visszaadta a sofőrnek. Belenyúlt a zsebébe, és kivette a pénzösszeg másik felét. A sofőr ránézett, és nyújtotta a kezét.

- Ne! - szólt közbe Mr. Rodmell. - Várjon, kérem - mondta, és belenyúlt a belső zsebébe. Kivette a másik köteg pénzt, és a sofőr felé nyújtotta. - Ez az öné - nézett a szemébe. - Nagyon köszönjük, amit értünk tett. Köszönjük. Kérem - folytatta -, vigyen bennünket a hotelbe, ahonnan indultunk.

A sofőr eltette a pénzt és elindultak.

- Ilyen boldogan még életemben nem utaztam tuktukban - szólt Mr. Rodmell, és lehajtott fejjel nézte a szép, fiatal lányt, Mirát. Ahogy a szálloda előtt megállt a riksa, Mr. Everest ölébe vette a lányt és óvatosan felvitte a lépcsőn. Elöl a bányatulajdonos, utána Miráék. Mr. Rodmell kinyitotta a bejárati ajtót, és Mr. Everest Mirával belépett az előtérbe. Bent hűvös és csend volt.

- Kérem! - szólt sietve a bányatulajdonos a recepcióshoz. - A hölgy most érkezett Új-Delhiből. Itt vannak az iratai. Sajnos a repülőút nagyon megviselte őt - mutatott Mr. Everest ölében

fekvő lányra. - Ma éjjel nálam lesz. Kérem, írja a költségeit az én számlámra - szólt sietve.
 - Hívjak orvost? - kérdezte aggódó tekintettel a recepciós.
 - Egyelőre nem szükséges - nyugtatta Mr. Rodmell, miután átvette a szoba kulcsát.
 - Hozom a kulcsot - szólt előre hangosan a Mirát tartó Mr. Everestnek.

Ahogy beléptek a szobába, nagyméretű hálóágyat pillantottak meg. Mr. Everest lassan letette az alvó lányt az egyik oldalra. Mirán csak egy könnyű ruha volt. A férfi a takaróval óvatosan betakarta, majd mind a ketten ott álltak az ágy mellett. Az arcukon az érzelmek azt mutatták, hogy ott belül heves viharok dúlnak.
 - Köszönöm, Mr. Everest. Ön valóban egy igaz ember. Kérem - folytatta Mr. Rodmell -, holnap reggeli után látogasson meg minket - nézett kérőn Mr. Everestre.
 - Örömmel, Mr. Rodmell. Higgye el, én is szeretném látni újra mosolyogni a kisasszonyt - mondta. Ezután mind a ketten elindultak az ajtó felé. Mr. Everest a kijárat irányába, a bányatulajdonos pedig a recepcióshoz. Ahogy a férfi odaért, a recepciós szólalt meg először:
 - Elnézést, Mr. Rodmell. Ahogy a hölgy papírjait nézem, ő valószínűleg nem Londonban született - nézett kérdően a bányatulajdonosra.
 - Valóban, uram. Ő az unokám - folytatta. - Tudja - kezdte, miközben egy hihető magyarázatot keresett -, nekem itt önöknél nemcsak tulajdonaim vannak, de régen megesett, hogy egy-két „botlás" is történt. Erre a „botlásomra" különösen büszke vagyok, mert ő egy elbűvölő teremtés - mosolygott a recepcióra Mr. Rodmell.
 - Igen, értem - mosolygott a férfi is. - Visszaadom a papírokat, és kellemes éjszakát kívánok - mondta.

Mr. Rodmell belépett a szobába. Csak egy asztali lámpa égett. Mira aludt. Csend volt. Az ablakon fény szűrődött be. A férfi először leült az ágy végébe, amelyik oldalon Mira feküdt. Egy darabig nézte a lányt. Ekkor felkelt és egy széket hozott az ágyhoz, ahol Mira feje volt. Szép, indiai vonású arca volt a lánynak. A férfi csak ült az ágy előtt, majd halkan, mintha magának mondaná, megszólalt:

— Most, kedves Mira — kezdte —, ön is éreztette, hogy hiába figyel bárki arra, hogy ne kerüljön veszélyes helyzetbe, a gonosz mindig alattomosan támad. Ilyenkor vagy tudunk ellene tenni, vagy semmi esélyünk. De akkor, kedves Mira, ha ezt egy gyógyíthatatlan betegség teszi velünk, akkor kit okolhatunk érte? Mikor dönti el a sors, hogy kinek mennyi jár, és kik azok, akik csak a fiatal éveiket érhetik meg!? Ki hozza a döntést arról, hogy két fiatal lány genetikája csak 18 évet biztosítson, és nincs tovább!? Készülni a folyamatos életre, kergetni a lehetőségeket fiatalon és vidáman, de egyszer csak a sors úgy dönt, csak ennyi volt. A 18. év az élet eleje. A szép, egészséges élet tombol a fiatalban. De belül, ahol ugyanúgy fejlődnie kell minden szervünknek, a genetika azt mondja: nincs tovább! Mi a párommal pontosan megterveztük a családunkat. Óramű pontossággal vártuk az ideális időt, hogy a gyermekeink egészségesen szülessenek. De valahol maradt bennünk az ősöktől származó genetikai hibából. Ezt akkor tudtuk meg, mikor a bajok már jelentkeztek. Az orvos mondott egy várható végső időpontot, és mi a lányok tudta nélkül rettegtünk, hogy beteljesül.

A férfi egy nagyot sóhajtott, és fátyolos szemmel csak nézte a lányt.

— Mindkettőjüknek — folytatta Mr. Rodmell — csináltattunk egy-egy gyönyörű szülinapi tortát a 18. születésnapjukra. Ahogy a fiatalok tudnak örülni, hát ők is úgy örültek. Csak mi tudtuk a párommal, hogy nem lesz több torta.

Ekkor a férfi felemelte a fejét, felállt az ágy mellől és odament az ablakhoz. Csak bámult kifelé. Ezután lassan megfordult, és visszasétált a lányhoz. Ránézett, és halkan megjegyezte:

— De jó most önt látni, kedves Mira! Úgy látszik, a sors mégsem olyan kegyetlen velem. Talán az Ön segítségével részese lehetek annak a szülői boldogságnak, amikor egy szép, fiatal lány egészséges, gyönyörű nővé érik — mondta, és elindult a fürdőszoba felé.

Fáradtan, becsukott szemmel állt a forró zuhany alatt. Sokáig meg sem mozdult. Csak a tusfürdő illatára nyitotta ki a szemét. Jó volt érezni, ahogy a forró, habos víz végigcsorog a fáradt testén. Ezután elzárta a zuhanyt, és a finom, puha törölközővel szárazra törölte magát. Már pizsamában ment a nagy hálóágy felé. Ekkor Mira hevesen köhögni kezdett, annyira, hogy majdnem felült az ágyban. Mr. Rodmell gyorsan megfogta a lány vállát és a hátát. A lány tovább köhögött, majd lassan vége is lett.

Jobb lenne oldalt feküdni – gondolta a férfi. Megfogta Mira vállát, a másik kezével a lány csípőjét, és így jobb oldalra fordította. Ekkor a lány újra köhögni kezdett. Igaz, már nem olyan hevesen, mint korábban, és a hátára fordult. Ekkor a homályban csak az látszott, hogy Mira jobbra-balra forgatja a fejét. Néha kinyitotta a száját, de csak halk nyögés hallatszott. Mr. Rodmell rátette a lány homlokára a tenyerét, de az nem volt forró.

Úgy látszik, talán most már megnyugszik – gondolta a férfi. Ekkor Mira halkan, alig érthetően megszólalt.

– Patr, Patr – majd újra: – Patr ka khyaal rakhna. Ezt a pár szót ismételte újra. Mr. Rodmell csak hallgatta, és nem értette, hogy a lány mit mond.

Ezek nem angol szavak. Talán hindi nyelv lehet, amit itt, Indiában is használnak.

Ekkor Mira oldalra fordította a fejét, és szépen, szabályos légzéssel elaludt. Mr. Rodmell nem mert még megmozdulni sem, csak nézte a nyugodtan alvó lányt.

Korán reggel Mr. Rodmell a fürdőben gyorsan összeszedte magát, és felöltözve ült a széken és várta, hogy Mira felébredjen. De pár perc múlva mégis felállt, és kiment a recepcióra.

– Jó reggelt, Mr. Rodmell – köszöntötte a recepciós. – Ön nagyon friss ma reggel. Az unokája is jól aludt? – érdeklődött a férfi.

– Igen, jól aludtunk, de én csak eddig tudtam pihenni – szólt Mr. Rodmell.

– Talán az a férfi is így volt, aki a hölgyet a karjában hozta fel. De ő már vagy egy órája el is ment – tette hozzá a recepciós.

– Nem, semmit – szólt a recepciós. – De úgy gondolom, hogy bizonyára a csomagjáért még visszajön – jegyezte meg a férfi.

Mr. Rodmell még mindig csodálkozva állt az előtérben.

– Én is elköszönök, Mr. Rodmell – hallotta. – Mindjárt jön a váltás, és mehetek haza pihenni – tette hozzá a recepciós. Mr. Rodmell még mindig azon gondolkodott, hova mehetett Mr. Everest, mert tegnap mást beszéltek meg.

– Viszontlátásra – hallotta a recepcióst.

– Viszontlátásra – nézett a férfira a bányatulajdonos, és kisétált a bejárati ajtón.

Kint már sokan serénykednek a sikátorban. Mély levegőt vett, és visszament a szobába. Mira még aludt. Mr. Rodmell teát csinált, és várta, hogy a lány felébredjen. Leült a székre Mira elé, és ott kortyolgatta a teáját. Ekkor a lány lassan nyitogatni kezdte a szemét. Háromszor, négyszer próbálta, és felnézett. Álmosan nézte a bányatulajdonost.

– Jó reggelt, kedves Mira – szólt mosolygósan a férfi.

– Mi történt? Hol vagyok? – kérdezte a lány.

– Nem fáj a feje? – hajolt közelebb a lányhoz Mr. Rodmell.

– De, nagyon. Fáj is, zsibbad is, még egy méhkas is van itt bent, úgy zúg – mutatott fejére a lány.

– Ez most nagyon jó hír, kedves Mira. Más fejfájásnak én még így soha nem örültem – nevette el magát a férfi.

Mira is próbált mosolyogni, de csak egy nagy levegőt vett, és csukott szemmel újra a párnájára tette a fejét. Majd kinyitotta a szemét, óvatosan felült, és újból megkérdezte:

– Tényleg, hol vagyok és mi történt, hogy szétmegy a fejem? – kérdezte.

– Már minden rendben van – szólt nyugodtan Mr. Rodmell. – Az ágyba kéri a teát, kisasszony, vagy majd kicsit később? – kérdezte.

– Most jólesne egy finom tea – mondta még mindig kábultan a lány.

A férfi hozta.

A lánynak nyújtotta a teáscsészét, és megkérdezte:

– Cukorral vagy tejjel parancsolja, kisasszony? – nézett szolgálatkészen Mr. Rodmell.

– Most mindegy, csak finom legyen.

A lány két kezébe vette a teáscsészét és óvatosan kortyolgatta a folyadékot. Néha felnézett a férfira. Mr. Rodmell szólalt meg először:

– Ha végzett a kisasszony a fürdőben, elmegyünk, és veszünk önnek ruhát, cipőt, táskát, és még ami kell és amire szüksége van. Most ne kérdezze, miért, majd később mindent elmagyarázok – szólt a férfi. – De most előbb kérem, keljen fel, mert szeretném látni, hogy nem szédül-e.

A lány tovább kortyolgatta a teát. Látszott, hogy ízlik neki. Elégedetten mosolygott a férfira, mikor visszaadta a csészét. Mr. Rodmell visszatette a széket az asztalhoz. Mira levette a takarót, és letette a lábát a padlóra. A két kezével az ágyra támaszkodva, lassan, óvatosan felállt. Mr. Rodmell ott állt mellette. Mira elindult a fürdő fele. Először bizonytalanul lépett. Mr. Rodmell tartotta a kezét, hogy kapaszkodjon a lány. Mira egy pillanatra megállt, majd elengedte a férfi kezét és lassan lépkedett a fürdőszoba felé. Az utolsó lépések már biztosabbak voltak. Mr. Rodmell megkönnyebbülve nézte a lányt, ahogy az becsukta a fürdőajtót. Ekkor lépett be Mr. Everest. Mr. Rodmell csodálkozva nézett rá.

– Elnézést, Mr. Rodmell, hogy nem kopogtam – mondta, miközben az ágyra nézett. – Hol van a lány?

Mr. Rodmell nem értette, miért olyan izgatott Mr. Everest.

– A fürdőben – mutatott az oldalsó ajtóra Mr. Rodmell. – Miért kérdezi?

– Jól van? El tudunk menni? – érdeklődött tovább Mr. Everest.

– Igen, de miért ilyen izgatott, uram?

A férfi egy lépést tett előre, és a bányatulajdonosra nézett.

– Mr. Rodmell – kezdte. – Én most kimegyek a recepcióshoz és kijelentkezem a hotelből. Mire lehozom a csomagjaimat, ön és Mira legyenek készen az indulásra és a recepción jelentkezzenek ki. Ezután én és Mira beülünk egy taxiba és elindulunk a repülőtérre. Ezután ön utánunk jön a repülőtérre. Félóránként megy repülőjárat minden irányba. Kérem, most mondja meg, melyik városba váltsak három jegyet. Ma így időben el tudunk menni repülővel, később mindent elmagyarázok – mondta izgatottan Mr. Everest.

- Bilaspurban van először dolgom, mert ott is van gyémántlelőhely. De most ez ennyire sürgős? - kérdezte bizonytalanul Mr. Rodmell.
Ekkor lépett ki Mira a fürdőből. Mr. Everest ránézett.
- Kisasszony, azonnal el kell utaznunk. Már keresnek bennünket a városban. Pakoljanak össze, és várom önöket a recepción - hadarta Mr. Everest, és sietve kiment a szobából.
- Kérem, rendeljen nekem egy riksataxit, és kérem a számláimat is - mondta a recepciósnak.
- A reggelit hova kéri, uram? - nézett rá a férfi.
- Ha van rá mód, előrecsomagolt reggelit kérek - szólt vissza Mr. Everest, és elindult a szobája fele.
A két bőröndje már készen állt. Csak felkapta azokat, és újra a recepcióshoz ment.
- Itt a számla, Mr. Everest. Hozom máris a reggelijét, uram - szólt vissza a recepciós. - A taxi is pár perc múlva itt van - tette hozzá.
Ekkor lépett ki Mira és Mr. Rodmell.
- Köszöntöm újra, kisasszony - szólt Mr. Everest. - Ön most lát engem először. A bizalmát kérem, hogy ami az elmúlt órákban történt velünk, egy biztonságos helyen részletesen átbeszélhessük.
Mira a szavakat kereste, épp kérdezni akart. Ránézett Mr. Rodmellre. A bányatulajdonos biztatóan csak ennyit mondott:
- Kérem, kedves Mira, tegyen mindig úgy, ahogy Mr. Everest kéri. Bízzon bennünk - kérte a lányt. Látszott Mirán, hogy még mindig nagyon zavart.
- Most mi ketten - szólalt meg újra Mr. Everest - beszállunk egy taxiba. Nem szólalunk meg, csak én beszélek - nyomta meg határozottan az „én" szót. - Ahogy belépünk a repülőtérre, megfogjuk egymás kezét, és a beszállásig el sem engedjük - nézett a megszeppent lányra Mr. Everest.
Mira semmit sem értett. Ránézett Mr. Rodmellre.
- Most gondoljon vissza a repülőútra, hogy elég erős bizalom alakult-e ki köztünk, hogy kibírja ezt a bizonytalanságot, amit ön most érez - nézett a lány szemébe Mr. Rodmell.

A lány kissé bizonytalanul, de kétszer-háromszor bólintott. Ekkor látták a bejáratnál, hogy megérkezett egy taxi. Mr. Everest megfogta a két bőröndöt, és elindult a kijárat felé.

– A reggelije, uram! – szólt utána recepciós.

– Köszönöm – mondta, mikor átvette a csomagot.

– Jó utat – szólt, és ment is vissza a helyére, mert Mr. Rodmell már várta őt.

Eközben Mr. Everest és Mira beszálltak a taxiba.

– A repülőtérre, kérem – szólt Mr. Everest, és a taxi lassan elindult.

Bent az épületben Mr. Rodmell a recepció előtt állt. Ekkor vette észre, hogy egy másik fiatalember a recepciós. Egy pillanatra elcsodálkozott, de ekkor jutott eszébe, hogy az előző fiatalember említette, hogy az ő munkaideje most reggel lejár.

– A papírokat kérem – szólt Mr. Rodmellhez.

– Mind a kettő itt van – mutatta a férfi. – Kérem a számlát, és hívjon egy taxit is.

A fiatalember Mr. Rodmell iratait visszaadta. Mira papírjait hosszasan nézte, és egyeztette azzal, ami a füzetébe be volt írva. Felnézett Mr. Rodmellre, és újra Mira papírjait egyeztette.

– Valami gond van? – kérdezte a bányatulajdonos.

– Nincs semmi, kérem, csak az adatokat egyeztettem az útlevéllel – mondta zavartan a recepciós. – Itt a számla, és a papírok is – mondta.

– Akkor most hívjon, kérem, egy taxit. Kint várom – szólt Mr. Rodmell. – Viszontlátásra – szólt vissza a fiatalembernek.

– Jó utat – hallotta Mr. Rodmell, ahogy kilépett a bejárati ajtón.

Ekkor a recepciós felvette a telefont. A kagylót a fülén tartva, izgatottan nézegetett kifele, ahol Mr. Rodmell a taxit várta.

– Halló, te vagy az, Advik? Itt vagyok a hotel recepcióján. Dolgozom. Képzeld, most jelentkezett ki egy Deol Mira nevű lány. Most ült be egy férfival a taxiba – hadarta izgatottan, és hallgatta a hívott Advik hangját.

– Csak most jöttem dolgozni, és nem tudom, mióta volt itt. Nem tudom, hogy ez a lány lehet-e ő, akiről múltkor apánk beszélt.

A kagylóban hangos férfihang volt hallható.

- Nem tudom, hogy hova mentek, de ha visszajön a taxis, akkor megkérdezem tőle - szólt vissza a fiú.
Újra hangos férfihang hallatszott a telefonban.
- Miért mondod, hogy késő? Mi az, hogy a jövőnk függ tőle? - kérdezte újra a recepciós. - Beszélj apánkkal, és szólj vissza, hogy mit tegyek. Most mennem kell, mert várnak rám - mondta, és letette a kagylót.

A repülőtéren Mira és Mr. Everest már várta, hogy Mr. Rodmell megérkezzen.

- Itt a három jegy Bilaspurba - adta át a jegyeket a bányatulajdonosnak.

Mira és Mr. Everest kéz a kézben álltak. A lány ránézett Mr. Rodmellre, és látványosan elengedte a „biztonsági ember" kezét. Mind a két férfi meglepetten nézte a lányt.

- Kezdek egy kicsit jobban lenni, Mr. Rodmell - nézett rá a lány. - Önt ismerem, és remélem, jól. De Mr. Everestet most látom először, és egyből kéz a kézben állunk a repülőtéren. Mi történt, hogy itt vagyok? Miért nem vagyok otthon, és miért kell elmenekülnöm két férfival egy idegen városba? - nézett kérdően a bányatulajdonosra. - Ön a szállodában a bizalmamat kérte, most én várok egy őszinte válaszra, Mr. Rodmell - szólt a lány.

- Igaza van, kedves Mira, de most csak röviden tudok választ adni önnek. Biztosan emlékszik még arra, hogy eljöttünk a szülei búcsúztatójáról. Előttem ment a sikátorban, amikor önt nagy sebességgel egy riksa szándékosan elütötte. A sofőr és egy férfi kiszállt, és önt azonnal a járműbe tette, s elhajtottak valahova. Mr. Everest is véletlenül ott sétált, és látta, hogy mi történt. Én kértem őt, segítsen abban, hogy megtudjuk, melyik kórházba vitték. Kiderült, hogy egy szervkereskedő magánklinikára szállították, mert éjjel ki akarták operálni a megrendelt szerveit.

Mira csak nézett, és döbbenten hallgatta Mr. Rodmellt.

- Egy taxis segítségével tegnap éjjel bementünk ketten a klinikára, és még időben sikerült önt kihozni. Ide, a hotelbe jöttünk, mert itt nálunk biztonságba volt - magyarázta a bányatulajdonos, és Mr. Everestre nézett.

- Én - folytatta Mr. Everest - már ma korán reggel felkeltem, mert gondoltam, hogy valakik minden taxist meg fognak keresni, hogy éjjel szállítottak-e egy lányt és két férfit. Itt egy taxistól próbáltam kérdezni, hogy milyen messze van a repülőtér. Ő azt kérdezte, hogy hány fő akar utazni. Én mondtam, hogy csak én egyedül. Erre a taxis azt mondta, hogy ő egy olyan fuvarra vár, ahol egy lányt és két férfit kell valahova szállítani, mert a megrendelő jó pénzt fizet, ha jelenti neki, hogy hova vitte a három embert.

Mira meg sem tudott szólalni.

- Most Mr. Rodmellnek Bilaspurban van dolga. Én is oda tartok, mert az én munkámat ott is tudom folytatni. Ebben a pár napban, ha megengedi, kedves Mira, a vendégünk lesz, ahogy átbeszéljük, hogyan képzeli ön a további éveit - nézett rá Mr. Everest. Mira csak döbbenten állt.

- Elnézést a bizalmatlanságomért - kezdte. - Köszönöm önöknek, amit értem tettek. Kérem, hogy most továbbra is legyen úgy, ahogy önök már megbeszélték.

Elindultak a beszállóoldal felé.

A repülőn kényelmesen elhelyezkedtek és várták az indulást. A légiutas-kísérők ellenőrizték, hogy mindenkinek be van-e kapcsolva a biztonsági öve. A gép lassan elindult a kijelölt felszállópályára. Ekkor a repülőtér bejáratánál két fiatalember jelent meg, és jobbra-balra tekintgetve, élénken kerestek valakit. Az egyik jobbfelé, a másik balfelé nézte a várakozókat. Lassan odaértek a jegykezelőhöz. Az egyik férfi az információhoz ért, és az ott ülő férfit kérdezte.

- Melyik járatok szálltak most fel?

- Melyikkel akart utazni? - kérdezett vissza az információs.

- A húgomat keresem, mert tudni szeretném, hogy a barátjához ment-e Bilaspurba, vagy tanulni Új-Delhibe - magyarázta.

- És? - nézett rá az adminisztrátor.

- Azt szeretném tudni, melyik gépen utazott - magyarázta a férfi.

- Nem értem a kérdését, uram! - szólt vissza az ügyintéző. A férfi belenyúlt a zsebébe és kivett egy papírpénzt.

- Deol Mira melyik gépen utazik? - és odaadta a férfinak a papírpénzt.
- Már értem, uram. Megnézem az utaslistát. - A papírra nézett. - Ezzel a géppel ment Bilaspurba - mutatott a levegőben szálló repülőre.

A férfi bólintott, és odaszólt a társának:
- Gyere, beszéljünk apánkkal, hogy hogyan tovább - mondta. - A hotelnapló adatai alapján apánk hivatalból kérje ki Deol Mira születési anyakönyvi kivonatát - tette hozzá, és elindultak a repülőtér kijárata fele.

Mira a gépen a középső ülésen ült. A gép elérte az utazómagasságot. Mr. Rodmell ránézett a lányra.
- Látja, kedves Mira, a nagy sietségben el is felejtettem bemutatni önnek Mr. Everestet. Hálás vagyok a sorsnak, hogy éppen a megfelelő időben találkoztam véletlenül egy angol úriemberrel, aki nélkül mindketten komoly bajba kerültünk volna - mosolygott össze a két férfi. - Engedje meg, hogy bemutassam önnek professzor doktor Patrik Everestet, a rovartani tanszék kutatóját Londonból. Úgy emlékszem, professzor úr, hogy a kutatási területe Közép- és Dél-India - nézett össze a két férfi.
- Méghozzá egy fontos tudományos kutatás, amely reményeim szerint gazdasági téren is előrelépés lehet a selyemiparunk minőségének tekintetében - magyarázta Mr. Everest.

Mira csodálkozó tekintettel fordult a férfi felé.
- Itt nálunk ilyen híres a mi selyemipari technológiánk? - kérdezte.
Mr. Everest mosolyogva kérdezte:
- Tartott már ön, kisasszony, selyemhernyót a kezében?
Mirának kikerekedett a szeme. Mintha kissé meg is borzongott volna, és csak annyit mondott sietve:
- Nem, nem.
- Pedig ha egy selyemanyagot és egy selyemhernyót becsukott szemmel megsimogatna, ugyanolyan selymes, kellemes érzést érezne. Most azért utazom ebbe az országrészbe, mert tapasztalatom szerint a földben lévő ásványok, az éghajlat nagyon kedvező a fehér eperfa levelének, amit a selyemhernyók

elfogyasztanak. Ezen a területen a selyemszálak kissé vastagabbak, és a színük is szép fehér. Tudja, kedves Mira, nem mindegy, hogy az a majdnem három kilométer hosszú selyemszál, ami egy ilyen gubón található, milyen minőségű.

Mira csak hallgatta a férfit.

– Kíváncsi lennék, Mr. Everest, hogyan és mikor döntötte el, hogy épp a rovartan lesz az a tudomány, amely egész életében az érdeklődése középpontjában lesz. Biztos volt valami, amiért ennyire megszerette a pillangók és a lepkék világát.

Ekkor a férfi elmosolyodott. Megemelte a fejét, és kényelmesen hátradőlt az ülésben. Mira a férfi arcát nézte. Mr. Everest érezte, hogy a lány valamilyen magyarázatot vár tőle.

– Nos, kisasszony, hogy valami érdekeset is mondjak – kezdte –, találkoztam már olyan pillangóval is, amelyik a kajmán könnycseppjeit szívta fel, hogy a fontos ásványi anyaghoz jusson a szervezete.

A lány meg sem szólalt, csak továbbra is érdeklődve nézte a férfit. Ekkor Mr. Everest láthatóan összeszedetten folytatta.

– Ön még fiatal, kisasszony. Tudja, az én apám szerette a természetet. Mindig hívott, ha gombát szedni ment az erdőbe. Egy ilyen alkalommal megkérdeztem tőle:

– Apa. Nemsokára végzek az iskolában. Szerinted mi lenne nekem a legjobb?

Rám nézett, a fejemre tette a kezét és mosolygott. Akkor megálltunk egy fánál. Az ágak mélyen lehajoltak. Az egyik ágon egy hernyó szőtte maga köré a szálakat. Néztük, hogy készül begubózni. Ekkor apám így szólt:

– Te most még fiatal vagy. Olyan korban, mint átszámítva ez a hernyó. Ő most fejezi be életének egy fontos szakaszát. Te is most fogod befejezni a fiatal tanulóéveidet. Most jön nálad is a begubózás időszaka. Eddig is hoztál már fontos döntéseket, de igazából csak te tudtad, hogy jól vagy rosszul döntöttél. Ha jól döntöttél, azért; ha rosszul, akkor azért gubózz be néha egy kicsit, hogy tanulj az esetleges hibáidból. A jót tanuld meg! Ha volt, hogy rosszul döntöttél, a rosszakat tedd be abba a jól zárható és jó mély bugyorba, hogy felszabadultan tudd élni a további életed okosan, okosan, okosan. Tudásoddal add meg ezeknek a pici életeknek a lehetőséget, hogy a saját gubójukból olyan lepke születhessen, aki boldogan teheti azt, amit a természet rendelt neki. Ha te ezt az utat választod, jó példa lesz arra, hogy ha kell, a saját gubónkból mi emberek is hogyan tudunk új életet kezdeni újra és újra – mosolygott rám az édesapám.

Mira csodálkozva hallgatta a férfit. Ezek az emberi szavak most nagyon kellettek a tegnapi események után.

– Tudja, kedves Mira, az édesapám mindig komolyan vette a tudás átadását. Ő úgy nevelt, hogy ezekkel a példákkal segített, ahogy tudott – nézett Mirára a férfi.

A lány alig láthatóan bólintott, de ott bent minden szó meleg simogatással ért fel. Mr. Rodmell is hallgatta, ahogy Mr. Everest beszélt. Ahogy elhallgattak mind a hárman, csak a gép halk zúgása hallatszott. Ez volt az az idő, amikor az ember a hallottakat szépen a helyére teszi. Ahogy a bölcs mondta: „ez most az énidőm". A leszállásig nem is szólalt meg senki. Ahogy beértek a repülőtér várójába, Mr. Rodmell szólalt meg először:

– Innen Bilaspur-ból csak holnap tudunk továbbmenni, és kizárólag kocsival. Szambalpurban, ahová megyünk, nincs repülőtér. Most elmegyünk a helyi szállodába, de én most előtte bérelek holnapra egy terepjárót, amivel elutazunk. Mr. Everest, kérem, rendeljen taxit, amíg én elintézem az autókölcsönzést – szólt Mr. Rodmell a férfihoz.

A reptér kijáratánál a taxisok szinte erőszakkal ültették a taxiba az utast, akinek csomagja volt. Kis idő múlva Mr. Rodmell is megjelent.

– Holnap reggel a hotel előtt lesz a terepjáró – szólt, miközben beszállt Mira és Mr. Everest mellé. A taxi gyorsan haladt a város belseje felé. Ekkor Mr. Rodmell Mirára nézett.

– Reggel ígértem önnek ruhát, cipőt, táskát, meg még amire szüksége lehet, kedves Mira. Ha a szállodában lepakoltunk – folytatta –, kérem, hogy ezzel a két délceg férfival – mutatott magára és Mr. Everestre – vásárolja meg itt valahol egy áruházban, amire csak a napokban szüksége lehet – mosolygott a lányra.

Mira csodálkozva nézett Mr. Rodmellre.

- Valóban szükségem lenne néhány dologra – szólt bizonytalanul a lány. – Szerencsémre a táskám az iratokkal együtt nálam van. A pénzem a holmimmal együtt a családi házban maradt – magyarázta.
- Igen, tudom – szólt Mr. Rodmell. – Itt most az első, hogy pótoljuk, amire mindennap szüksége lehet – folytatta. – Az anyagiakra majd később kitérünk – tette hozzá határozottan. – Kérem, bízzon bennem – nézett a lányra.
Mira is tudta, hogy az elfogadás az erős bizalom jele. Vonakodva és bizonytalanul mondta:
- Köszönöm.
A bevásárlás gyorsan ment. A sikátor jobb oldala tömve volt szép indiai népi hímzésű ruhákkal, cipőkkel, táskákkal. A teheneket néha itt is kerülgetni kellett. A szép ruhákkal szemben, a másik oldalon a finom indiai konyha gőzölgött. Ontotta a fűszeres illatokat. Mira kezében gyűltek a megvásárolt dolgok. Látszott rajta, hogy nagyon örül.
- A szállodában nyugodtan megvacsorázunk – szólalt meg Mr. Rodmell.
Mr. Everest és Mira is bólintott, és lassan nézelődve elindultak a taxi fele. Mira az étterem halljában az új ruhájában szinte tündökölt. Miközben a két férfihoz lépett, így szólt:
- Mivel a két jóképű úriember közül nem tudok választani – mosolygott –, így a legjobb döntés mindkét férfi társaságát elfogadni – kacérkodott Mira, és beléjük karolt.
- Örülünk a döntésének, kisasszony – szólt Mr. Rodmell. – Így mi is – nézett Mr. Everestre – éveket fiatalodunk egy szép, fiatal hölgy oldalán – mosolygott.
Amikor leültek egy asztalhoz, a figyelmes pincér gyorsan megjelent az itallappal.
- Nagyon jókat hallottam a Sula borvidék fehérborairól – nézett a pincérre Mr. Everest. – Egy kicsit testesek, és zamataromájuk is hosszantartó – folytatta, ahogy a pincér arcát nézte.
- Igen, igen – pislogott kissé zavartan a pincér. – Tartunk ilyen minőségi borokat – folytatta.

- Kérem, ellenőrizze a palack hőmérsékletét is - folytatta Mr. Everest -, mert ennél a fajtánál a 12-14C hőmérsékletnél érezhető az ital aromájának teljes harmóniája - tette hozzá.

A pincér csak bólogatott, és hátrálva elindult a konyha felé.

- Ön nagyon otthonosan mozog a borok világában is, Mr. Everest - szólt Mr. Rodmell.

- Csak felszínes ismeretem van az indiai borvidékekről - válaszolta szerényen Mr. Everest. - A minőségből a kevés is elég lehet - mosolygott a férfi.

- Ha megengedik - szólalt meg Mira -, én inkább az ételekhez tudok tanácsot adni. Finom és estére ajánlott a tikka masala hagyományosan. Természetesen van vegán változata, amit én nagyon szeretek - tette hozzá.

- Egyetértek, kisasszony - nézett rá Mr. Everest.

- Én is önnel tartok - szólt Mr. Rodmell.

Ezután hamarosan megérkezett az italokkal a pincér. Szépen gyöngyözött a bor, ahogy a poharakba töltötte.

- Az ételt is kiválasztottuk már - nézett Mira a pincérre. - Ezeket kérjük - mutatott az étlapra a lány. Amikor a pincér elment, Mr. Everest felemelte a poharát. Nézte a gyöngyöket az ital felszínén.

- A továbbiakra - szólt Mira Mr. Rodmellre nézve, és egy kortyot hosszan ízlelgetett. - Nagyon finom - mondta.

Mikor a professzor letette a poharat, Mirára nézett.

- Ne vegye tolakodásnak, kedves Mira - kezdte Mr. Everest -, hogy újra felemlítem a tegnapi sajnálatos esetet, de ön szerint csak tiszta véletlen volt az, ami történt? - kérdezte.

- Én úgy gondolom - kezdte a lány -, hogy itt, egy ilyen szűk sikátorban és ekkora tömegben bármikor előfordulhat, hogy egy riksa valakit elgázol. Lehet, hogy megbízták a riksa vezetőjét, hogy egy donornak való fiatalt szállítsanak a klinikára azon a napon. Ezt én megítélni nem tudom. Szerencsémre az önök közelségének és az őrangyali gondoskodásnak hála a saját megérzésemet látom igazolva.

A két férfi csodálkozva nézett a lányra.

- Tudom, tudom - kezdte a Mira -, most ez önöknek talán hálátlanságnak hangzik, de valamit szeretnék elmondani, ami egy hónapja a mi családunkban történt. Természetesen hálás vagyok azért, amit értem tettek. Ezt nagyon szépen köszönöm - nézett a két férfira a lány. - Csak azt szeretném elmondani, ami azon az estén nálunk történt. Vacsoránál édesapám így szólt: „Kislányom. Te most Angliában tanulsz. Mi itt vagyunk édesanyáddal ketten. Ha találunk valamelyik közeli városban egy hasonló kicsi lakást, valószínű, hogy ezt eladjuk és odaköltözünk. De van egy fontos dolog, amire szeretnélek megkérni." Ekkor édesapám elővett egy nagy borítékot. Én csak néztem őt, és vártam, mit fog mondani még erről a borítékról. De így folytatta: „Minden generáció továbbadja a következőnek. Ez a piros pecsétviasz is jelzi, hogy fontos iratot tartalmaz. Úgy szól a legenda, hogy akinél a boríték van, azt még az angyalok is a tenyerükön hordozzák - nézett rám az édesapám. Azt nem tudjuk - folytatta -, hogy neked szükséged lehet-e a tartalmára, de kérlek, őrizd meg ezt addig, amíg a saját gyermekeidnek tovább tudod adni" - mondta. De ahogy édesapám ezeket a szavakat mondta, olyan alázattal és fontossággal tette, amilyennek én őt még soha nem láttam. Ezért mondtam az előbb, hogy hálás vagyok önöknek és az én őrangyalomnak a gondoskodásért - nézett a két férfira Mira.

- Mikor megtörtént a baj, mi is egyből a megoldást kerestük. Mindketten hisszük - nézett Mr. Everestre a férfi -, hogy az ön őrangyala is segített, hogy most itt tudunk egymással beszélni - mosolygott a lányra Mr. Rodmell.

Ekkor érkezett a pincér a megrendelt vacsorával.

- Ha olyan finom, mint amilyen gusztusos - nézett körbe Mr. Rodmell -, örülök, hogy a mai estén két ilyen nagyszerű emberrel vacsorázhatok - tette hozzá.

Mira és Mr. Everest is mosolygott.

- Örömmel látom, Mr. Rodmell, hogy ilyen elégedett már csak az étel látványval is. Ezt azért mondom - folytatta Mr. Everest -, mert olyan gondterheltnek láttam ezekben az órákban - nézett a bányatulajdonosra.

- Valóban kalandoznak a gondolataim - szólt vissza Mr. Rodmell. - Tudja, Mr. Everest, a holnapi napot várom nagyon, mert egy fontos kérdésre végre választ kaphatok. Kiderül, sikerül-e egy fiatalembernek segítenem, hogy jó irányba változzon az élete - nézett rá a férfira Mr. Rodmell.

Mira és Mr. Everest is kérdően néztek a bányatulajdonosra.

- De mielőtt elmesélem, kóstoljuk meg ezt a gőzölgő finomat - mutatott mosolyogva az ételre Mr. Rodmell, és láthatóan jó étvággyal kezdte fogyasztani. Az étel megnyugtatta, a finom bor kissé oldotta a feszültséget a bányatulajdonosnál. - Most úgy érzem magam, mint egy jóllakott óvodás a csendespihenő előtt - mondta mosolyogva Mr. Rodmell.

- Ez bizonyára azért van - nézett Mr. Everest a bányatulajdonosra -, mert kitűnő ételajánlatot kaptunk a kedves házigazdánktól - mosolygott Mirára.

- Nem, nem - hárította el Mira a dicséretet. - Szerintem a szakszerűen kiválasztott bor volt, ami kellemes estét teremtett nekünk - mosolygott Mira Mr. Everestre.

Mr. Rodmell hallgatta, hogyan dicsérik egymást a partnerei.

- Szerintem mindig az a legnagyobb öröm, mikor a legjobb tanácsokat azoktól kapjuk, akik szakértői valaminek. Ezt most azért is mondom, mert akiről mesélni akarok, egy értelmes fiatalember. Egy megoldást ajánlottam neki, ami a mostani helyzetét és jövőjét is megnyugtatóan megoldaná.

Mira és Mr. Everest ismét kérdően néztek a férfira.

- Hogy elég messziről kezdjem, az elődeim egyik gyémántbányája itt van, ahova holnap utazunk, Szabalpurban. Ez egy kisebb bánya. Van nem messze egy nagyobb bánya is, ami nem a miénk. Az elődeim a két bánya közötti területet is megvették, hogy más ne kutasson ezen a vidéken. Ennek a területnek a közelében élt egy zárt, kisebb közösség. Ők nagyon vigyáztak az ősi hagyományaik megtartására. Amikor én átvettem ezt a bányát, akkor derült ki, hogy ahol ez a közösség lakott, egy mély üreg ásása közben egy érdekes ásványt találtak. Ez volt a cinnabarit. A másik bányából valaki megmutatta az ott lakóknak, hogyan lehet ebből az ásványból gyönyörű, vörös port készíteni.

- Arról a piros anyagról van szó - szólt közbe Mr. Everest -, amit itt Indiában a nők a homlokukra festenek az esküvő napján, hogy jelezzék, ők már asszonyok? - kérdezte.
- Igen, erről - erősítette meg Mr. Rodmell. - De ezután nem csak az asszonyok, hanem ebben a zárt közösségben élő férfiak egyfajta harci díszítésként is ilyen vörös porból készült festékkel kenték be magukat. De ez sem lett volna baj. Valaki kitalálta, hogy az ételt ezzel lehet pirosabbá, gusztusossá tenni. Csakhogy ezután lassan-lassan jelentkezni kezdtek azok a nem várt bajok. Mira és Mr. Everest kérdően nézték a bányatulajdonost.
- Ez az ásvány higanyt tartalmaz - mondta, és Mirára és Mr. Everestre nézett. - Aki megmutatta, hogyan lehet az ásványból ilyen port készíteni, erre az embereket nem figyelmeztette. A higany az ételből belekerült a gyermekek és a felnőttek szervezetébe és lassan-lassan hatni kezdett. Fáradtságra, szédülésre, gyengeségre panaszkodtak. Egy nagyobb közös ünneplés után pár nappal több gyerek is kómába esett. Több felnőtt otthon maradt, mert fel sem tudtak kelni. Másnapra három gyermek örökre elaludt.
- Ez borzasztó! - fakadt ki Mira.
- Az orvos a piros por azonnali betiltását követelte - folytatta Mr. Rodmell. - De a közösség öregjeinek tanácsa a bányatulajdonos átkos megrontásáról beszélt. „Így akarja népünket az ősi földről elűzni az idegen ősellenség, a bányatulajdonos" - hangoztatták. „Míg a bányatulajdonos él, addig az átok is hat a népükre" - hangoskodtak.
Mira és Mr. Everest döbbenten hallgatták a történetet.
- Azon gondolkodtam, mit tegyek, és mit tehetek a saját és a bányám jövője érdekében. Szerencsére ez a fiú, akit már korábban említettem, nálam dolgozott. A történeteket elmondta a munkatársának. Ez a munkatárs felügyeli a mindennapi termelés mennyiségét és irányítását. Ő javasolta a fiú szakmai továbbfejlődésének segítését. Ekkor gondolkodtam el, hogyan mutathatnám ki a közösség felé is a barátságomat. Az irodámba behívattam a fiút és az apát is. - Segíteni szeretnék - néztem a két férfira. - Sok jót hallottam a fiáról - fordultam az apa felé. - Biztos jövőt kínálok

neki, ha elfogadja az ajánlatomat - mondtam. - Nem messze, a másik városban több gyémántcsiszoló műhely működik. Egy megbízható, idősebb mester szívesen átadná szakmai tudását egy szorgalmas, okos fiatalnak - folytattam. - Egy fél évre átküldöm őt a mesterhez gyémántcsiszolást tanulni. A költséget én fizetem - tettem hozzá, majd kissé hátradőltem, és tovább folytattam: - A jövőben az én bányámban talált gyémántokat itt helyben kívánom briliáns minőségű ékszerré csiszolni. A fiút alkalmasnak találom arra, hogy tudásával és szorgalmával megalapozza családja és saját jövőjét - néztem az apára. Az apa és a fiú csak néztek rám.

- Mr. Rodmell - szólalt meg az apa. - Mi is kerestünk már több lehetőséget, hogy a fiunk jövője biztosítva legyen. Az ön ajánlata egy tökéletes megoldás lenne - mondta, és a fiúra nézett. Sabal, mert így hívták a fiút, így szólt:

- Köszönöm, Mr. Rodmell, a lehetőséget. Édesapám mindig arra tanított: „ha figyelsz arra, hogy valaki hogyan viselkedik veled, annak üzenete van, csak hallgasd és figyeld őt". Csodálkozva hallgattam a fiút, aki így folytatta: - Az is nagyon fontos, hogy mi történik velünk, de a lényeg, hogy mire és hogyan emlékezünk vissza - mondta. - Ezért, Mr. Rodmell, örömmel megyek tanulni a városba, mert mindig azt csináljuk a legszívesebben, amit törődéssel teszünk.

Mr. Rodmell egy pillanatra elhallgatott, és Mirára és Mr. Everestre nézett.

- Jól érzem én - kezdte -, hogy ez a fiú majd egyszer még sokkal többre lesz képes, mint egy megbízható, szorgalmas szakember?

- Mire gondol, Mr. Rodmell? - nézett rá Mr. Everest.

- Tudja, néha eljátszom a gondolattal, ki milyen komoly feladatra lenne képes nálam, ha megbíznám. De ez csak olyan emberismereti próba, Mr. Everest. Ha egy fiatalban többet látok, mint amit jelenleg csinál, gondolatban felruházom egy vezetői beosztás elvégzésével. Ez a fiatal szorgalmas, munkájában alázatos - ekkor Mr. Rodmell Mirára nézett -, szimpatikus és jóképű is - mosolygott a lányra. Mira, mint egy kislány, előbb kissé lehajtotta a fejét, majd összeszedetten mondta:

- A komolyság egy fiatalnak nagy erény. A külső pedig önbizalmat ad. Aki ezeket kezelni tudja, az bölcs is - tette hozzá.
- Én is így gondolom - nézett a lányra Mr. Rodmell. - Ezért, ha kérhetem önöket - folytatta -, kérem, jöjjenek majd velem az irodámba, hogy bemutathassam a pici birodalmamat.
- Örömmel - szólt Mira.

Mr. Everest is helyeslően bólintott.
- A mai napunk szerencsére sikeres volt - szólalt meg a lány. - Gondolom, a holnapi utunk hosszú lesz. Most már csak egy forró fürdő és egy kényelmes ágy, ami vár bennünket. Öröm volt önökkel találkozni - mosolygott a két férfira a lány.
- Igaza van, kisasszony - szólt Mr. Rodmell. - A kellemes este után a mai napunk így lesz teljes - mondta. Ezután mindhárman felálltak, és elindultak a kijárat fele. Ekkor az étterem egy távoli asztalánál két fiatal férfi is felállt, és ők is elindultak a kijárat felé.

Másnap korán kellett elindulni Szambalpurba. Mire a terepjáró megérkezett a szálloda elé, már a kijelentkezés is megtörtént. Ahogy a városból kiértek, az út mindkét oldalán hálóval letakart, közepes nagyságú fák sorakoztak, míg a szem ellátott.
- Ez az én szívemet simogatja - szólt Mr. Everest a mellette ülő Mirának. - Ezek nemesített fehérszeder-fák. Ezek leveleivel etetik a selyemhernyókat - magyarázta a lánynak.
- Milyen átszellemülten tud erről a szép tájról beszélni, Mr. Everest! - szólt hátra a vezetőülésből Mr. Rodmell. - Bezzeg voltak idők, amikor angol lovascsapatok járták ezeket a vidékeket, és egy-egy találkozás az őslakosokkal bizony néha barátságtalanul végződött - mesélte.
- Mire gondol, Mr. Rodmell? - kérdezte a lány.
- Tudja, kedves Mira, a megszálló angolok és az itteni lakosok nem szívesen találkoztak egymással - folytatta. - De szerencsére voltak olyan bölcs indiai helytartók, akik tudták, mikor kell helyesen cselekedni, hogy a legjobb legyen az itt lakó népeknek.
- Csak nem ön is az itteni helytartóra gondol, akinek gyémánt ékesítette a turbánját, Mr. Rodmell? - kérdezte Mira.

- De bizony arra - mosolygott a bányatulajdonos. Mr. Everest csak nézett, hol Mirára, hol Mr. Rodmellre.
- Mira, kérem, ossza meg Mr. Everesttel a történetet - szólt hátra a bányatulajdonos.

Mira mosolyogva kezdte:
- Még abban az időben volt, amikor az angol csapatok a helyi csapatokkal állandó harcban álltak. Nagyon fontos volt, ki ellenőriz nagyobb területeket, ahol bányák voltak és a mezőgazdasággal foglalkozó emberek éltek. Történt egyszer, hogy az akkori angol helytartó, Comac ezredes és csapata épp ellenőrző körúton volt. Akkor az volt a szokás, ha az angol lovascsapat valahova megérkezett, a helyi indiai helytartó rádzsa megvendégelte őket. Egy-egy ilyen vendégség bizony sok pénzbe és élelembe került. De a helyi rádzsa okos ember volt, az angolok pedig nagyon szerettek volna minél több gyémántot hazavinni. Ekkor a rádzsa kitalálta, hogy a turbánja közepére egy szép, nagy gyémántot erősít, mert tudta, az angol parancsnok él-hal a szép drágakőért. Mikor az angol ezredes megérkezett, meglátta a turbánon a szép, nagy gyémántot, így szólt:
- Barátsággal jöttünk. Nem is kérünk sokat. Szeretnénk az itt lakó emberek pártfogói és védői lenni - tette hozzá nyájasan. - Ezt nálunk barátságnak hívják - mondta, miközben csak a turbánon fénylő gyémántot figyelte. - A barátságom jeléül, kérem, fogadja el az én katonai ezredesi kalapomat, cserébe az ön turbánjáért - nézett kérdően az ezredes a rádzsára.
- Ön valóban nagylelkű ember - mosolyog a Rádzsa. - Én is békés napokat szeretnék az itt lakó, szorgalmas embereknek - mondta nyájasan, miközben ő is tudta, hogy így talán az angol csapatok csak néha háborgatják ezentúl az itteni embereket - nézett Mira Mr. Everestre.
- Ez valóban mindkét részről egy nagyon okos megállapodás volt - nézett a lányra Mr. Everest, miközben az autó szépen duruzsolt az úton.
- Én megéheztem erre a szép történetre - szólt hátra Mr. Rodmell. - Itt, a következő pihenőnél megállok, és eszünk valami finomat - mondta.

A tükörben meglátta az egyetértő bólogatást, és bekanyarodott a pihenőhelyre. Nyugodtan, mint akiknek nincs semmi dolga, ették azt a finomat, amit Mira tálalt a két férfinak.

– Szépen haladunk az autóval – szólt Mr. Everest.

– Lovakkal nehezebb lenne – tette hozzá Mr. Rodmell.

Mira, mintha csak erre a mondatra várt volna, már lelkesen kérdezte:

– Mr. Rodmell. Voltak önnek lovai?

– Igen, kedves Mira. Volt egyszer négy is. Mindenkinek egy. Akinek már lova volt, az tudja, minden ló egy egyéniség. Igaz, kell hozzá szorgalom, törődés, szeretet, idő és kisugárzás is. De egy esetet, ami annak idején velünk történt, amikor a lányok még csak 12-13 évesek voltak, sosem fogom elfelejteni – szólt huncut mosollyal Mr. Rodmell.

Mira és Mr. Everest is kíváncsian néztek a bányatulajdonosra. A férfi, mintha szándékosan csinálta volna, szinte előre kuncogott, miközben megszólalt:

– A nejem kiváló anya – itt egy pillanatra megállt a mesélésben, de aztán folytatta – lett volna, ha a lányok szerint nem lett volna olyan görcsösen merev, mint egy idegenlégiós őrmester. Precízen, pontosan követelt meg mindent, még az illatoknak és szagoknak is vigyázzba kellett volna állni, ha ő azt akarta volna.

Mira és Mr. Everest tágra nyílt szemekkel hallgatták Mr. Rodmellt.

– Néha a lányok könyörgő szemmel néztek rám, amikor olyan vaskalaposan követelt meg tőlük valamit. De egyszer aztán kiborult a bili. Ágota és Ágnetta, mert így hívták a két lányt, egyik reggel szóltak neki, hogy este szülői lesz az iskolában.

– Majd elmegy apátok, mint eddig – szólt –, mert én a barátnőimmel színházba megyek – mondta, és otthagyta őket.

– Mi neki mindent, de ő nekünk semmit – fakadtak ki a lányok. – Ő még egyszer sem volt a mi szülői értekezletünkön, csak mindig az van, hogy „az apa", „az apa" – mondták.

Mind a ketten kitűnő tanulók voltak, de azt akarták, hogy a nejem az osztályfőnöktől hallja, ahogy dicsérik őket.

– De előbbre való volt a színház és a barátnők, mint mi – háborogtak a lányok. De volt még egy nagy baja az anyának: Filemon, a ló. Így hívták az ő lovát. Mindenki a saját lovát csutakolta, ápolta, sétáltatta, de ő képtelen volt erre, mert mint mondta, Filemon büdös. Persze nem volt büdös, csak lószaga volt. De neki ez az illat csak így egyszerűen „büdös" volt. A lányok csutakolták, kefélték, ápolták, sétáltatták, de Filemon neki csak egy „büdös ló" volt. De bezzeg hordozni a fenekét, mindenki előtt játszani a nagyságát, mikor a vasárnapi ebéd után végiglovagolt az egyetlen utcán, ahol laktunk, az igen, az tetszett neki. A lányok odajöttek hozzá.

– Apa – kezdte Ágota. – Anya gondos, precíz, tudjuk, hogy csak jót akar nekünk és neked is. De tenni kéne valamit, hogy ezt az önző, merev, vaskalapos viselkedését változtassa meg, hogy itthon is egy kicsit életszerűbb, otthonos légkört teremtsen nekünk. Ezért, apa, mi kitalálunk valamit – folytatta határozottan Ágota –, de kérünk, ne szólj ránk, ha furcsa dolgokat teszünk kedvencével – mondta sejtelmesen.

Ekkor meghúztam a vállam és figyeltem a lányokat, hogy mit is találtak ki. Eljött a vasárnap. Mint minden, úgy és akkor készüljön el, amikor és amire ő már megtervezte. Igaz, minden vasárnap pontosan 12 órakor a leves, a második és a sütemény is olyan meleg legyen, amikor a legjobb ízű az étel. A hűtőben sorakoztak az alapanyagok. A zöldség és a többi tisztítani való már meg volt hámozva. Az edények előkészítve, a fűszerek felhasználási sorrendben sorakoztak, mint a katonák. A kések megfenve, és természetesen a legfontosabb: a kávéfőző mellett sorakozott a kávé, cukor, egy címke, hogy „tej", már csak a rajtpisztoly hiányzott az asztalról. Mire a lányok felébredtek, a reggeli úgy, ahogy kell, a kisasztalra tálalva.

– A nejem – nézett fel Mr. Rodmell – egész délelőtt, ha a konyhában volt, egy szót sem szólt, csak tette a dolgát. Amikor a lányok befejezték a reggelit, illedelmesen megköszönték, és „most megyünk takarítani" jelszóval bementek a szobájukba. Legalábbis eddig így volt. De ez a vasárnap más volt, mint a többi. Én csak azt láttam, hogy a lányok a lakás hátsó kijáratán ki-be járnak. Persze én úgy tettem, mintha semmit nem vettem volna észre, de azt láttam, hogy ma itt valami készül. Délben, mint mindig, már az asztalnál ültünk. Imát mondtunk, megköszöntük az ételt, és ahogy illik, mindent megettünk. – A mosogatás ma is a hölgyeké – hangzott az ismerős parancs anyától. – Mire visszajövök a levezető lovaglásból, a felmosás is legyen kész! – szólt a nagysága a két lánynak. Ekkor a két lány nem szólt semmit, csak felálltak az asztaltól és megköszönték az ebédet. Eddig néha még parázs viták is előfordultak, de most olyan csend uralkodott, ami már feltűnő volt. A két lány kiment a konyhából. A nejem így szólt: – Valami baj van? – mutatott a lányok után. Én csak meghúztam a vállam, és nem szóltam egy szót sem. Felálltam, és ahogy a lányok szobája előtt elmentem, visszafogott nevetést hallottam. Az egyik még toporzékolt is, úgy nevetett, és mesélt valamit a másiknak. A nejem a konyhában otthagyott csapot-papot, és ment a fürdőbe és átöltözött lovaglóruhába. Ekkor a két lány is szép ruhában kiosont a hátsó kijáratnál, és mentek az istállóba Filemonhoz, a lóhoz. Megfogták jobbról-balról a ló fején lévő szíjat, és várták az anyjukat. És egyszer csak az istállóajtóban megjelent a drága nejem. Bekanyarodott a lovakhoz. Ami ezután jött, azt látni kellett volna – tette hozzá Mr. Rodmell. Filemon, a ló nézett vele szembe. A ló szemére a nejem éjjeli szemkötője volt felkötve. A fején a nejem vadonatúj piros kalapja, amire úgy vigyázott, hogy még színházban is csak egyszer volt rajta. A ló mind a két fülében azok a fülbevalók lógtak, amiket nemrég vett, hogy ha valamilyen puccos helyre kell hivatalosan menni, legyen ilyen is. De mikor tátott szájjal egy lépéssel közelebb ért, akkor látta, hogy a ló szája azzal a drága piros rúzzsal van kifestve, amit a katalógusból rendelt. Ugye ő mostanra már levegőt sem kapott, de még ez sem volt elég. Az ő éjszakai buggyos hálónadrágja volt Filemon mellső két lábán. A két hátsón a fekete harisnyái, amiket a csipeszes harisnyatartóval fogtak össze a lányok. És akkor látta meg, hogy Filemon első-hátsó patái azzal a piros rúzzsal vannak kifestve, mint amivel a ló vigyorgó szája. Ekkor már levegő sem volt. A két lány toporzékolva nevetett. Én közöttük azt nevettem, hogy a két lány szinte sikít a nevetéstől, a nejem meg csak áll, mint akit csak úgy odafestettek az istálló kapujára.

– Te ezt hagytad, és nem is szóltál nekik egy szót sem? – fakadt ki a nejem.

Én nagy nehezen, komoly arccal csak ránéztem és így szóltam:
– Én csak annyit szóltam a lányoknak, hogy véleményem szerint a szürke lóhoz a zöld rúzsod jobban illett volna – néztem rá ártatlanul.

Mira az utolsó mondatoknál már a hasát fogta, úgy nevetett. A komoly és hűvös Mr. Everest is alig bírta visszafogni magát a kuncogó nevetéstől. Mr. Rodmell is jóízűen nevetett, de az arca lassan-lassan merengésbe révedt. Ekkor erőt vett magán, és lassan elindultak az autó fele. Mikor beszálltak az autóba, még akkor is mosolygósan gondoltak a történetben szereplőkre.

Az autó kigördült a parkolóból, és elindultak Szambalpur felé. Mindenkinek eszébe jutott néhány érdekes esemény, de hangosan nem szólalt meg senki. Dél körül járhatott, mikor Mr. Rodmell ismét megszólalt:

– Nemsokára itt lesz egy bevásárlóközpont, és mellette egy étterem. Ott ebédelhetünk, és utána vásárolhatunk is, ki mit akar – szólt hátra a bányatulajdonos.

– Nagyon szépen kialakították az éttermet és a bevásárlóközpontot a nagy parkolóval – jegyezte meg Mr. Everest, ahogy a kocsi befordult a parkolóba.

– Először ebédeljünk – szólalt meg Mr. Rodmell –, utána aki amit vásárolni akar, azt megveheti – nézett Mirára és Mr. Everestre.

Mindketten bólintottak, és elindultak az étterem felé. Bent Mira rendelte az ételt, Mr. Everest az innivalót. Egy jó félóra múlva elégedetten, tele pocakkal mentek át vásárolni. Kevesen voltak a boltban. Mindenki bevásárlókocsival sétált a pultok között. A két férfi megállt a műszaki áruknál, és ott beszélték meg a véleményüket. Mira hátrament a háztartási és vegyiárukhoz, hogy keresse, amit venni akar. A bevásárlókocsiba csak néhány holmi volt berakva. Épp egy takarító ember mellett állt meg, aki a hátsó kijárati ajtón akart kimenni.

– Kérem, kisasszony – szólalt meg a takarító. – Kérem, kinyitná az ajtót! – mutatott a vasajtóra a férfi. Mira közvetlenül az ajtónál állt, így csak lenyomta a kilincset és az ajtó már ki is nyílott. De a férfi ekkor hirtelen meglökte Mirát a takarítókocsival úgy, hogy a lányt belökte az ajtón. Ott egy másik férfi karjaiba esett, aki a lány orrához nyomott egy kendőt. A takarító gyorsan behúzta az ajtót, és várta, hogy a lány a vegyszerrel átitatott kendőtől elájuljon. Ekkor Mirát belökték a takarítókocsiba, és már tolták is ki a másik ajtón a parkolóba. Ott egy fehér lakókocsi oldalsó ajtaja már nyitva volt. Megfogták a lányt, és bent egy fekhelyre fektették. Az ájult lány elterült az ágyon. Az egyik férfi behúzta az oldalsó ajtót, a másik beült a volán mögé, és már el is indultak kifelé a parkolóból.

Mr. Rodmell és Mr. Everest a műszaki pultnál azt a kis műanyag dobozt kereste, amiben egy speciális kis síp volt. Ezt kellett a kocsi elejére szerelni, hogy menet közben sípoljon és elűzze az út széléről az őzeket vagy a vadállatokat. Ezt a síphangot az emberi fül nem hallja.

– Majd megnézzük máshol is – szólt Mr. Rodmell. – Menjünk fizetni, talán már Mira is ránk vár.

A pénztárig sehol nem látták a lányt. Benéztek az állványok közé, de ott sem látták, csak egy gazdátlan bevásárlókocsi volt az állványok végén. Mr. Everest elindult a kocsi fele. Ott egy vásárló sem volt. Láthatóan női dolgok voltak a kocsiban. Mr. Everest visszasietett a pénztárhoz.

– Fizessen! – szólt sietve Mr. Rodmellnek.

A bányatulajdonos rémülten nézett vissza rá, miközben Mr. Everest kirohant a boltból. A jövő-menő és parkoló autókat nézte, de semmi feltűnő vagy gyanús autót nem látott. Csak állt és gondolkodott. Ekkor jött ki Mr. Rodmell, és rémülten állt mellette.

– Maradjon itt, kérem, Mr. Rodmell. Mindjárt visszajövök – mondta, és beszaladt újra a boltba. Hátrament, ahol Mira bevásárlókocsija volt. Körülnézett. Meglátta a vasajtót. Odament és benyitott. A raktárban nem látott senkit. Továbbment a raktárba, és meglátta a következő ajtót. Ott állt előtte a takarítókocsi. Kinyitotta azt az ajtót is. A parkoló hátsó részén találta magát.

Elindult előre az épület mellett, a sarok felé. Ahogy befordult az épület sarkán, ott állt idegesen Mr. Rodmell az autó mellett.

- Elrabolták Mirát - szólt a bányatulajdonoshoz.

Mr. Rodmell fehér lett, mint a fal.

- Üljünk az autóba! - szólt Mr. Everest.

Remegő kézzel nyitotta ki az ajtót Mr. Rodmell.

- Most én szeretnék vezetni, ha megengedi. Egy fehér lakókocsit kell keresnünk - mondta a professzor.

- Miért? - kérdezte idegesen Mr. Rodmell.

- Amikor reggel elindultunk - kezdte Mr. Everest -, egy idő után hátranéztem és az úton egy fehér lakókocsi is jött, nem messze utánunk. Egy idő múlva, mikor újra hátranéztem, megint megláttam a fehér lakókocsit. Az tűnt fel, hogy a fej feletti napellenző mind a két oldalon még mindig le volt húzva, pedig a nap végig hátulról sütött. Később, mikor beálltunk a parkolóba reggelizni, a fehér lakókocsi is beállt a parkoló távoli sarkába. Két férfi ült bent, de a napellenző még mindig le volt hajtva. Most, ahogy ebbe a parkolóba beálltunk, a fehér lakókocsi is beállt, de hátrament az épület hátsó végébe. Most láttam, hogy Mira bevásárlókocsija a hátsó kijárati ajtónál maradt. Valószínű, hogy a hátsó ajtónál kivitték, így tették a lakókocsiba - mondta a döbbenten hallgató bányatulajdonosnak.

Mr. Rodmell még mindig csak hallgatta és nézte a „bogaras" embert.

- Tehát, Mr. Rodmell, mivel Mira nélkül nem megyünk tovább, így előbb megkeressük, és együtt folytatjuk utunkat Szabalpurba. De most visszafelé kell mennünk, amerről jöttünk, mert ezek a rablók vissza akarják vinni Bilaspurba.

- Biztos, hogy arra mentek? - kérdezte aggódva Mr. Rodmell.

- Igen, biztos. Ha Szabalpuba akarták volna vinni, akkor megvárták volna, amíg mi odaérünk - szólt Mr. Everest.

- De miért akarják állandóan elrabolni Mirát? Mit csinált, vagy mi az oka, hogy már másodszor rabolják el? - kérdezte aggódva Mr. Rodmell.

- Szerintem Mirát csak egyszer rabolták el: amikor kórházba vitték. Most Mirát „csak" vissza akarják vinni valamiért

Bilaspurba. Mira tudhat valamit, ami valakiknek nagyon értékes lehet - mondta elgondolkozva Mr. Everest. - Ha „csak" el akarták volna rabolni, egy személygépkocsival jöttek volna, és megkötözve, a csomagtartóban vitték volna vissza. De mivel ő valamiért értékes valakinek, ezért csak vissza akarják vinni és úgy vigyáznak rá, mint valami nagyon értékes szállítmányra - szólt nyugodtan Mr. Everest.

- Én ezt nem értem - nézett rá Mr. Rodmell. - Én most azt sem tudom, merre megyünk, mit miért csinálunk, Mr. Everest.

- Nem lesz baj - nyugtatta a férfi. - Csak, ha megengedi, Mr. Rodmell, kicsit nagyobb gázzal megyünk a fehér lakókocsi után - mondta, és jobban megnyomta a gázpedált. Mr. Rodmell csak ült szótlanul. A feje kissé lehajtva, csak néha ingatta jobbra-balra.

- Nem lehet sok előnyük - szólt hátra Mr. Everest a bányatulajdonosnak. - Hamarosan utol fogjuk érni őket. Mr. Rodmell, ott van hátul, ön mellett az én utazótáskám. Igen, az a fekete - mondta Mr. Everest, miközben a visszapillantó tükörből látta a bányatulajdonost. - Ott elöl, a táskán van egy cipzár. Kérem, húzza el, és azt a lapos, fekete dobozt legyen szíves, vegye ki.

A bányatulajdonos tette azt, amit Mr. Everest mondott.

- Kérem, ezt készítse elő nekem, mert remélem, hamarosan szükségünk lesz rá - szólt Mr. Everest.

- Gondolom, már végiggondolta, mi jön ezután, és ahhoz kell ez a doboz is - nézett előre Mr. Rodmell.

- Igen, az a kis doboz nagyon jó, hogy nálam van. Abban egy speciális tolvajkulcs-készlet van.

Mr. Rodmellnek kikerekedett a szeme.

- Be fogunk törni valahova? - kérdezte.

- Igen, remélem - volt a válasz. - Annak a lakókocsinak a hátulján van egy ajtó, mert ott hátul is van külső zuhanyfülke kialakítva. Belül is van, a WC-vel együtt. Onnan be lehet menni a lakókocsi belsejébe. Én úgy tervezem, hogy sötétben érjük be őket utol, amikor valamelyik parkolóban meg kell állniuk vacsorázni és tankolni.

- Már kész a terv a fejében, tisztelt betörő úr? - kérdezte csodálkozva Mr. Rodmell.

- Nem, Mr. Rodmell. Az én fejemben már visszafelé haladunk, együtt - mosolygott Mr. Everest.

- Csak azért kérdeztem, mert még sosem izgultam ennyire betörés előtt - mosolygott a visszapillantó tükörben Mr. Rodmell. - Ebben a két napban több minden történt velem, mint az elmúlt években - állapította meg.

- Ahogy végiggondolom, Mr. Rodmell, a mostani utazása a négy bányába még tartogat hasonló meglepetéseket. De így, hogy én is aktív részese lettem az ön és Mira kalandjának - folytatta Mr. Everest -, lehet, hogy a tudományos kutatásaimat későbbre halasztom - mondta. - Szerencsére az én munkám várhat. Ha jól gondolom, talán nem is bánná, Mr. Rodmell, ha most ön mellett maradnék egy kis időre - nézett rá Mr. Everest.

- Nagyon hálás lennék, uram. Én még fel sem fogom, hogy néha mi történik, ön pedig már fejben meg is oldott mindent - szólt Mr. Rodmell.

- Pedig gyanítom, Mr. Rodmell, hogy az eddigieknél furcsább dolgok is fognak velünk történni - tette hozzá Mr. Everest.

Mr. Rodmell csak a fejét csóválta.

- Pedig nem hagyhatjuk magára Mirát - nézett Mr. Everestre a bányatulajdonos. - A végére kell járni, hogy a véletlenek játszanak-e vele, vagy ő „kulcs" egy olyan történetben, amiről maga sem tud - gondolkodott hangosan Mr. Rodmell.

Közben az autó szépen haladt. Ha megláttak egy parkolót, Mr. Everest lelassított és keresték a fehér lakókocsit. Lassan-lassan sötétedni kezdett.

- Most pár kilométerre lesz egy benzinkút - mutatott az út szélén álló jelzőtáblára Mr. Rodmell.

- Az csak egy kis benzinkút - szólt vissza Mr. Everest. - Ha enni vagy vásárolni akarnak, akkor kicsit később lesz egy nagyobb, ahol azt is tudnak. Szerintem ott fogjuk utolérni őket - tette hozzá Mr. Everest.

Mindketten figyelték, mikor érnek a kis benzinkúthoz.

- Nem lassít egy kicsit, Mr. Everest? Itt a tábla, hogy a benzinkút következik - szólt előre Mr. Rodmell.
- Gondolom, a következő, nagy benzinkútra fognak bemenni - szólt Mr. Everest, miközben a kis benzinkút mellett haladtak.
- Ott egy fehér lakókocsi - szólt hirtelen Mr. Rodmell, és a parkoló felé mutatott. Mr. Everest is oldalra nézett, de már nem tudott megállni vagy bekanyarodni a benzinkútra. - Tovább kell menni, mert itt megfordulni sem lehet - tette hozzá.
- Most mit csinálunk? - nézett rémülten Mr. Rodmell. - Valószínű, hogy már nem volt több benzinjük.
- Mindenképpen meg kell állniuk a következő, nagy benzinkútnál, ha vásárolni is akarnak. Ott várjuk be őket. Egy hátsó parkolóhelyre beállunk, és várunk. Jönni fognak, Mr. Rodmell, de ők nem is sejtik, hogy mi már ott leszünk - tette hozzá Mr. Everest.
- Ezt a magabiztosságot ön örökölte, vagy ilyet venni is lehet? - nézett rá Mr. Rodmell. - Önnel még egy betöréses rablás is élmény Mr. Everest - szólt a bányatulajdonos.

Mr. Everest csak mosolygott.

- De most már tényleg nézzük a jelzőtáblát, hogy hol kell bekanyarodni, mert több ilyen lehetőségünk valószínűleg nem lesz - szólt Mr. Rodmell.

Hamar a parkolóhoz értek. Mr. Everest a bejárattól kicsit messzebb, eldugottabb részre állt a kocsival.

- Most kell figyelni. Arra nem is gondolok, hogy nem jönnek be a parkolóba - magyarázta. Egy kis idő múlva megjelent a fehér lakókocsi a parkoló bejáratánál. Kissé bizonytalanul, lassan gurult, és közeledett Mr. Everest és Mr. Rodmell autója felé. Mindketten ösztönösen lehajoltak. Két autóval odébb a lakókocsi megállt. Mr. Everest és a bányatulajdonos csak figyelt. Miután a lakókocsi ajtajának csukódását hallották, lassan kikémleltek az autóból. Két fiatal férfi ment a bevásárlóközpont bejárata felé.

- Ön figyeljen, Mr. Rodmell, hogy mikor jönnek vissza, én most itt hátul megnézem a lakókocsit - szólt szinte suttogva Mr. Everest.

Mr. Rodmell csak bólogatott az autóban, és félig lehajolva nézte a szupermarket bejáratát. Mr. Everest a kulcskészlettel elindult a lakókocsi hátsó ajtaja felé. Vagy profi volt, vagy csak szerencsés, de a hátsó ajtó nagyon gyorsan kinyílott. Belépett, és csak behúzta az ajtót. Kinyitotta a következő ajtót, ami a lakókocsi belsejébe vezetett. A közvilágítás elég erős volt. Ahogy belépett, egyből Mirát kereste. Csend volt. Sehol mozgás vagy valami életjel Mirától. Gyorsan előrement a vezetőülésig, de Mira sehol. Ösztönszerűen kérdezte:

– Mira, itt van?

De egy szó sem hangzott el.

A másodpercek most rohantak. Ahogy a vezetőüléstől vissza akart indulni, beverte a fejét a fölötte lévő valamibe. Ahogy felnézett, látta, hogy oda egy franciaágy volt beépítve. Ráállt az oldalsó ülésre, ami egyben az étkezőhöz tartozott. Felnézett a franciaágyra. Ott feküdt Mira. Mr. Everest a franciaágy rögzítőjét kiakasztotta. Az ágy eleje, ahol a férfi állt, lassan leereszkedett. Mira is csúszott lefele, pont Mr. Everest ölébe. Mélyen aludt a lány. A férfi óvatosan, mert bent kicsi volt a hely, a hátsó kijárathoz ölben vitte a lányt. A lábával megnyomta a hátsó kijárati ajtót. Csak óvatosan, lassan tudott terhével az ajtóból a földre lépni. Mr. Rodmell már a kocsijuk oldalsó ajtajánál állt. Ahogy meglátta őket, gyorsan kinyitotta az autó ajtaját. Mr. Everest már vigyázva a hátsó ülésre fektette Mirát. Ezután még visszaszaladt a lakókocsihoz és bement a belsejébe. Újra felnyomta a franciaágyat a helyére, és sietett ki a hátsó ajtón. Csak becsukta, és már rohant is az autóhoz. Beszállt a vezetőülésbe.

– Muszáj volt mindent a helyére tenni, hogy minél később keressék Mirát – szólt hátra Mr. Everest.

– Mehetünk – hallotta a bányatulajdonost.

Mr. Everest elindult a parkoló kijárata felé.

– Most visszafelé megyünk, amerről reggel jöttünk – szólt hátra a bányatulajdonosnak. – Itt nem messze lesz egy leágazás Sakti felé. Ez egy kisváros. Egy zarándokhely. Az anyaistennőhöz jönnek ide a hívők minden évben zarándokolni. Ott több szálláslehetőség is van. Ott fogunk aludni, és holnap újra, egy másik útvonalon elindulunk Szambalpurba – magyarázta.

Mr. Rodmell hátrafordulva kémlelte, nincs-e Mirán valamilyen sérülés. A lány nyugodtan aludt. Mr. Everest a visszapillantó tükörből nézte őket. Mr. Rodmell arcán aggódás és öröm ült. Látszott, hogy szólni is akar a lányhoz, de csak nézte.

– Ha a szállodához érünk, megpróbáljuk felébreszteni – szólt hátra Mr. Everest. A kisvárosba bevezető úton nem volt forgalom. A kereszteződések előtt táblák mutatták a nevezetesebb épületeket. Egy közeli mellékutcában egy panzió fényei világítottak.

– Megnézem, van-e üres szoba – szólt hátra Mr. Everest, miközben kiszállt. Csengetni kellett a bejáratnál. A professzor a kiérkező recepcióssal beszélt, majd megfordult és beszállt az autóba.

– Van két szoba – mondta, miközben Mr. Rodmell kérdően nézett rá. – Lassan fel kell ébreszteni Mirát – nézett a bányatulajdonosra. – Sajnos nem tudjuk, milyen altatót használtak Miránál – kezdte Mr. Everest. – Az ébresztést óvatosan kell kezdenünk. Ha Mira kinyitja a szemét, utána várni kell, mert először szédülésre fog panaszkodni. De sajnos vannak olyan altatószerek is, amelyek rövid időre emlékezetkiesést is okoznak. Ha esetleg vizet kér, ilyenkor legalább egy órát várni kell, mert nyelőcső-irritáció léphet fel. Azt is meg kell várni, hogy panaszkodik-e hányingerre vagy torokfájásra – sorolta Mr. Everest.

Mr. Rodmell csak hallgatta a férfit, majd lassan becsukta a száját.

– Igenis, professzor úr – hebegte, miközben csodálkozva nézett Mr. Everestre.

– Tegyünk Mira feje alá valamit, hogy feljebb legyen kicsit – szólt Mr. Everest.

Mr. Rodmell becsomagolt egy kistáskát egy törölközőbe, és a lány feje alá tette. Mr. Everest óvatosan pofozni kezdte a lányt.

– Mira, Mira, ébredjen! – szólongatta.

A lány láthatóan hunyorgott, és szemöldökét összehúzta. Mr. Everest tovább próbálkozott.

- Nedvesítsen be egy ruhát, Mr. Rodmell! - nézett rá Mr. Everest. - Megpróbáljuk a homlokára és az arcára tenni. Talán ez is segít - tette hozzá.

A bányatulajdonos hozta a nedves ruhát.

- Mira, ébredjen! - szólongatta Mr. Everest, közben az apró pofonokkal is próbálkozott. Mira a hideg vizes ruhát érezve elkezdte mozgatni a fejét. A két férfi összenézett.

- Így jó lesz - szólt újra Mr. Everest, és a vizes ruhát jobbról-balról a lány arcához érintette.

Mira, mint akit ezeréves álmából keltenek, nyűgösen, zavartan nyitogatta a szemét. Ahogy hunyorgatott, a két férfi örömében mosolygott a lányra. Háromszor-négyszer is próbálta újra nyitogatni a szemét, végül Mr. Everestre nézett. A férfi mosolyogva a lány szemébe nézett és megszólalt:

- Üdvözlöm, kedves Mira. A fürdővize, kedves kisasszony, 39,5 fokosan előkészítve a fürdőszobában. A pedikűrös és a manikűrös előtt kényeztető gyógymasszázs várja önt úgy, ahogy óhajtani méltóztatott, hölgyem. Már csak az ön dolga, hogy kinyissa azokat az elbűvölően szép szemeit, ránk mosolyogjon, és azt kérdezze tőlünk: „már megint mit keresek egy autó hátsó ülésén, és hogy kerültem újra ebbe a kínos helyzetbe?" - mondta mosolyogva Mr. Everest. Mira kétségbeesett arccal lecsukta a szemét, arcát eltakarta a kezével, és letette a fejét a párnájára.

- Már megint? Mr. Everest? Megint történt valami? - kérdezte, de az arcát még mindig a két kezébe temette.

- Igen, kedves Mira - folytatta Mr. Everest. - Természetesen még sokat fogunk erről beszélni. Most azt kérem, szóljon, ha szédül, vagy van valamilyen panasza - nézett rá aggódva.

- A fejem, Mr. Everest, a fejem - ismételte a lány. - A méhkas megint visszaköltözött, és ott belül megint lüktet, mint amikor püfölik a kétfenekű dobot - mutatott a homlokára Mira.

- Kérem, Mira, ha úgy érzi, próbáljon először most felülni. Ha lehet, akkor ezután majd fel kellene állnia - kérte Mr. Everest.

Mira bizonytalanul felült az ülésen.

- Picit várjunk - kérte a lány, miközben bódultan üldögélt a hátsó ülésen. Próbált mosolyogni, de inkább kínos vigyor lett belőle. Mr. Rodmell csak nézte, hogyan próbálkozik Mira a felüléssel. Nem szólt ő semmit, csak a szeme könyörgött, hogy Mira újra a régi legyen. Pár percet vártak szótlanul.
- Megpróbálok felállni - mondta a lány. Mr. Everest kiszállt az autóból, és kinyitotta a hátsó ajtót.
- Csak óvatosan - nézett a lányra. Mikor Mira mindkét lába a földön volt, felállt. A két férfi jobbról-balról tartotta a kezét, ha kapaszkodni akarna a lány.
- Várjunk picit - kérte, miközben a két férfira nézett. Pár másodperc múlva a lány vett egy nagy levegőt, és pár lépést tett előre. - Sikerülni fog - mondta, és lassan lépkedett a panzió ajtaja felé.

A két férfi fogta a csomagokat, és elindultak ők is Mira után. Bent a panzióban Mr. Rodmell átnyújtotta a három útlevelet a recepciósnak.
- Mi felmegyünk - szólt Mr. Everest, miközben Mirával elindultak a lépcső felé.
- Itt vannak a kulcsok - nyújtotta a recepciós Mr. Everest felé. Mr. Rodmell a pultnál várta, hogy a hivatalos bejelentkezés megtörténjen.
- A reggelit már 7 órától felszolgáljuk - szólt Mr. Rodmellhez a férfi -, és jó éjszakát önnek - tette hozzá.
- Köszönöm, és jó éjt önnek is - nézett vissza Mr. Rodmell, miközben elindult a lépcső felé.

Mira elfoglalta a szobáját. A feje fájt, a szemei égtek és csak állt a zuhany alatt. Törölközőbe tekerve jött ki a szobába. Belenézett a tükörbe és megszólalt:
- Én nem rendeltem jövőképet, hogy megnézzem, milyen leszek akkor, ahogy most néz ki a nagyanyám! - mosolygott a tükörképére. - Így akkor néztem ki, mikor egy leánybúcsúztató végén összeöntöttük a megmaradt italokat és még a végén azt is megittuk - mondta, és két tenyerébe temette az arcát.

Mr. Rodmell és Mr. Everest a másik szobába szótlanul készülődtek a lefekvéshez.

- Mr. Rodmell. Kérem, mehet a fürdőbe, mert nekem még kell egy kis idő, hogy végiggondoljam a mai és a holnapi napot - mondta Mr. Everest, miközben a bányatulajdonosra nézett.

- Rendben - szólt Mr. Rodmell. - Én ugyanis „pacsirta" típus vagyok. Korán kelek, korán fekszem. Így kellemes nekem a napi ritmusom.

- Én is így vagyok, Mr. Rodmell - válaszolta Mr. Everest. - Élénk vagyok délelőtt, ami az egész napomat befolyásolja - tette hozzá.

- És nagyon gyakorlatias - mosolygott rá a bányatulajdonos. - Ez a megfigyelés, logika, azonnali döntés. Ezt tudatosan, lépésről lépésre alakította ki, Mr. Everest? - nézett rá Mr. Rodmell. A férfi elgondolkodva így szólt:

- Gondolom, önnek is voltak az életben családi és munkával kapcsolatos kemény időszakok, amik nyomot hagynak mindenkiben - mondta.

- Igen, Mr. Everest, de önnél nagyon feltűnően észrevehető a gyors döntés, a határozott intézkedés. Mint egy harcmezőn, amikor élet-halál helyzet van és azonnal, logikusan kell dönteni - folytatta a bányatulajdonos. - Ön a legnagyobb bajba is reményt és megoldást sugároz a döntéseivel. Így ad erőt a környezetének - folytatta szenvedélyesen Mr. Rodmell. Mr. Everest csak hallgatta a bányatulajdonost. - Például itt van a mai nehéz napunk - folytatta Mr. Rodmell. - Ahhoz, hogy a nap végére biztonságban legyünk mindhárman, az ön képességei kellettek.

- Köszönöm az elismerő szavakat, Mr. Rodmell. Az autóban én is szívesen hallgattam az ön lányainak csínytevéséről. Főleg azért, mert olyan boldog átéléssel beszélt róluk. Akkor azt gondoltam, hogy én is átélhettem volna már ilyen családi eseményt.

Ekkor Mr. Everest egy pillanatig elgondolkodva nézett a bányatulajdonosra.

- Tudja, Mr. Rodmell, az emberi irigység és gonoszság, sőt hatalomvágy is megfoszt attól, hogy egyáltalán eljussak a családalapításig - mondta sóhajtva a férfi.

Mr. Rodmell óvatosan leült az ágya szélére, és csak nézte Mr. Everestet.

– A katonaság, igen, az embertelen kiképzések – nézett egy pillanatra Mr. Rodmellre.

– Az idegenlégió, az önként vállalt idegenlégió tanított határozottságra, gyors döntésekre, az életben maradás fegyelmére – kezdte a férfi. – Akkor az idegenlégióba való jelentkezést láttam az egyetlen kiútnak, hogy túléljem és feldolgozzam az érzelmi tragédiámat – nézett a bányatulajdonosra Mr. Evereset. – Tudja, Mr. Rodmell, én félszívvel nem tudok csinálni semmit. Vagy tökéletességre törekszem minden erőmmel és érzelmemmel, vagy semmire – és megint a bányatulajdonsra nézett.

– Természetesen egy lányról szól a történet. Valójában a lány családjáról, és egy másik bankárcsalád idősödő fiáról.

Mr. Rodmell figyelmesen hallgatta a történetet.

– Gyermekkorunk óta együtt jártunk iskolába egy lánnyal. Az tűnt fel, hogy egyfajta tisztelettel néztünk egymásra. Mind a ketten jó tanulók voltunk. Az öltözködése mindig csinos volt, de soha nem hivalkodó. Én is sportoltam, ő teniszezett. Tetszett a kitartása, szorgalma, és persze gyönyörű volt tetőtől talpig. Mindig „véletlenül" együtt értünk az utcasarokra, és onnan együtt az iskolába. Később koncertekre, eseményekre is. Olyan igazi „jó veled" érzés volt bennünk. De ezt észrevették a szülei is, amikor vége lett a középiskolás korszaknak. Egyik reggel jött, hogy a szülei pénzügyi szakra küldik, a fővárosba. Az ő szülei bankárok voltak. A fővárosban egy ikerház egyik felét „bérelték" neki. A ház másik fele egy másik bankárcsaládé volt, meg a pici fiáé, aki legalább 15 évvel idősebb volt, mint ő. A lány toporzékolt, hogy nem az lesz, amit a szülei akarnak. Egy összejövetel estéjén a lány egy italtól rosszul érezte magát és lefeküdt az ágyba. Reggel vette észre, hogy a bankárfiú ott fekszik mellette. Ezután a terhes lánytól kaptam egy levelet, amiben mindezt leírta. Ekkor összetörtem. Ittam, drogoztam, összejöttem egy narkós bandával. Tönkre akartam tenni az életemet. Akkor és most is úgy érzem, hogy valóban van olyan, hogy „igazi társ". De ekkor egy drogos azt mondta:

– Tudod, én azért drogozom, hogy mindig visszaessek ebbe a másik világba. Én már tudom, milyen ez a világ és mit ad a drog, hogy átéljem a másik világot. De egy idő után már nem te döntesz: a szervezeted kegyetlen, és követi a drogot. Ha velem tartasz, együtt éljük meg a másik világot. Az is igaz, hogy az utolsó adag után már nem ébredünk fel. Ha most kiszállsz és elmész az idegenlégióba, akkor ott is szenvedsz, de életben maradsz. Megtanulod, mi a kitartás, a szenvedés, és hogyan éld túl azt a napot. Ha velem jössz, a drog tesz tönkre, de ha maradsz, talán egészségesen leszerelsz és igazi férfi lesz belőled – vigyorgott rám a fogatlan, ráncos, büdös férfi.

Csend lett. Mr. Rodmell még mindig csak ült és nézett maga elé. Végül megszólalt:

– Ön, Mr. Everest, egy nagyszerű, kemény ember – és csak nézte a férfi arcát.

Mr. Everest csak ült, egyet-kettőt bólintott, és elindult a fürdőszobába. Mr. Rodmell a tekintetével követte. Mikor becsukódott a fürdőajtó, ő is elkezdett vetkőzni. Eddig még nem tett ilyet, hogy a nadrágját egyből a vállfára akasztotta, a pulóvert összehajtotta és a székre tette. *A többi megy a fürdőbe* – gondolta, és várta, hogy majd Mr. Everest kijön az ajtón. Jött is nemsokára. *A fürdés is olyan „katonás" lehetett, mint az életvitele* – gondolta Mr. Rodmell.

– A tisztálkodás kívülről már megtörtént. Míg ön fürdik, Mr. Rodmell, megpróbálom a belső rendet is visszaállítani – szólt mosolyogva Mr. Everest.

Másnap, mintha összebeszéltek volna, Mira és a két férfi együtt érkeztek a svédasztalos reggelihez. A bőséges étkezés után hosszú utazás várt rájuk.

– Most Raigarh hercegi állam fővárosa felé megyünk – szólt hátra Mr. Everest a vezetőülésből. – Keresztülmegyünk vadrezervátumon, nemzeti parkon, és érezni fogjuk az indiai „Niagara vízesés" harmatcseppjeit is az arcunkon.

– Errefelé 12 vízesés található az állam területén – szólalt meg Mira Mr. Rodmell mellett.

Az utazás nagyon látványos volt. Amilyen színeket a természet teremteni képes, az ott mind megvolt. Ahol emberi munka folyt, ott templomok, kolostorok, emlékművek voltak, de mind-mind

ápoltak és gondozottak. Nem sokat beszélgettek. Csak később szólalt meg a vezetőülésből Mr. Everest:
- Jó ötlet lesz, Mr. Rodmell, ha szállodában fogunk megpihenni? - kérdezte.
- Nem megyünk szállodába, Mr. Everest. A bányámhz közel van egy négyszobás apartman. Már üzentem, hogy oda fogunk érkezni. A házvezetőnő már vár bennünket - szólt előre Mr. Rodmell.
- Okos döntés - szólt hátra Mr. Everest. - A nyugalmunk így biztosítva lesz - tette hozzá.
Nemsokára a város szélére értek. Táblák mutatták a város híresebb helyeit, építményeit.
- Látja azt a táblát, Mr. Everest? A Tagore sétány és a színház irányát mutatja. Ott van egy kényelmes szálloda is. Mr. Everest - szólalt meg újra a bányatulajdonos. - Nem kíváncsi, hogy a szálloda parkolójában ott van-e a fehér lakókocsi? - nézett a visszapillantó tükörbe Mr. Rodmell.
Mira döbbenten Mr. Rodmellre nézett.
- Ha úgy gondolja, mehetek arra is - szólt hátra Mr. Everest.
Mira a bányatulajdonosra nézett.
- Nézzük meg, Mr. Rodmell - szólt hátra a lány.
- Nézzük - bólintott Mr. Everest.
Mira a hátsó ülés közepére húzódott, és csak az utat figyelte. A sétány gyönyörűen virágos és gondozott volt. Mr. Everest egy kicsit lassabban vezette az autót. A tábla mutatta a szálloda irányát. Ahogy mellette elhaladt az autó, a pakolóban ott álltak a kocsik.
- Nézze, Mr. Rodmell! Ott áll középen egy fehér lakókocsi - mutatta Mira izgatottan.
- Az az - szólt hátra Mr. Everest. - De nem látok ott senkit. Megálljak? - kérdezte.
- Most ne - szólt vissza határozottan Mr. Rodmell. - Majd otthon megbeszéljük, mi lenne nekünk a legjobb.
Ekkor lépett ki a fehér lakókocsi mellől egy fiatal férfi, kezében egy utazótáskával. Mr. Everest hátraszólt:
- Ismeri, Mira?
A lány figyelmesen megnézte a fiatal férfit.

- Nem, nem ismerem.
- Hisz' ez a szállodai recepciósfiú! - szólalt meg hirtelen Mr. Rodmell. - Akkor azért nézte olyan hosszan az útleveleket, amikor kijelentkeztünk és elindultunk a repülőtérre.
- Igen, így már nekem is ismerős - szólt Mr. Everest. - Most legalább tudjuk, kik lehetnek, akikkel majd el kell beszélgetnünk - tette hozzá, és továbbindult Mr. Rodmell apartmanja fele.
- Mikor Indiában vagyok, ez az apartman a főhadiszállásom. A legjobb minőségű gyémántokat itt találják. Azért szeretném annyira itt beindítani azt a gyémántcsiszoló műhelyt. Nagyon bízom a fiatalemberben, hogy ügyes és szép kollekciókat fog majd készíteni - hadarta Mr. Rodmell.

A panzió elegáns, tiszta és kényelmes volt. Berendezése, mint egy hotelé. Két konyha, és a szobákhoz fürdő is. Az utazás után igazi felüdülés. A házvezetőnő és két segítője kiszolgálása szinte már luxus volt. Minden úgy és akkor készült el, mikor az ideje volt. A megérkezés utáni reggelen svédasztal kezdődött.

- Ha önök is úgy gondolják - szólt Mirához és Mr. Everesthez a bányatulajdonos -, reggel 10 órakor átmegyünk a bánya irodájába. Meghallgatjuk a bányavezetőt, és utána a fiú is beszámol a gyémántcsiszolási tapasztalatáról - sorolta Mr. Rodmell.

- Szívesen tartunk önnel Mr. Rodmell - szólt Mira. - A szépség fokozása egy szép briliáns nyakékkel, vonzó látványosság, igaz, Mr. Everest? - mosolygott a férfira Mira.

- Szépek az ékszerek is, de nekem maga a fiatalság tetszett mindig a legjobban, még ékszerek nélkül is - mondta Mr. Everest. - De meg kell mondani, Mr. Rodmell, a hely nagyon szép, a kiszolgálás kiváló, egyszóval el vagyunk kényeztetve - nézett egymásra Mira és Mr. Everest.

- Köszönöm, hogy így látják. Most nemsokára megtudják, miből sikerült ezt a színvonalat megteremteni. Amikor kész vannak, akár indulhatunk is - tette hozzá.

Gyalog sétáltak a bánya felé. Körben mindenhol gépek túrták a földet, és az emberek lent a gödörben és az alagutakban dolgoztak. Messzebb látszott, hogy a lakóépületnek nevezett viskók között gyerekek, nők és férfiak tették a dolgukat.

- Ők az a törzsi nép, akikről beszéltem - mutatott előre Mr. Rodmell. - Sajnos még mindig az ellenségüknek tartanak. Talán lassan majd elmúlik az irántam érzett haragjuk - tette hozzá. Ekkor értek a bányairodához. Ahogy beléptek az ajtón, a szemközti asztalnál egy férfi írt.
- Üdvözlöm, Mr. Rodmell! - pattant fel az íróasztaltól a férfi.
- Üdvözlöm, Mr. Arya. Mi bemegyünk a belső irodába. Kérem a jelentést és a papírokat is, és ön is maradjon bent - szólt az utasítás.
- Kérem, foglaljanak helyet.
Szépen berendezett tárgyaló és kényelmes fotelek volt a berendezés.
- Először Mr. Arya, kérem, beszéljen a gyémántcsiszoló fiú, Sabal munkájáról, és kérem a véleményét is.
- Mr. Rodmell. Ez a fiú megváltozott. Mikor innen elment, egy kezelhető fiatal volt. Most, hogy visszajött, egy magabiztos, tudatos, felnőtt férfit láthatunk. A mesterétől sok olyan rajzot kapott, amelyeken a briliánscsiszolás munkafázisait mutatja be. Sok drágakő-megmunkálási technika is szerepel még a rajzokon. Ami gépeket ön rendelt, Mr. Rodmell, azokból már majdnem mind itt van. Adtam a fiúnak egy kisebb gyémántot, hogy csiszoljon belőle gyűrű-ékkőnek való briliánst, amit önnek meg tudunk mutatni. Készített egy szimmetrikusan csiszolt lapokból álló követ, ahogy a briliáns csiszolása történik - és Mr. Arya elővett egy kis dobozkából egy csiszolt gyémántot.
- Nagyon szép - forgatta a kezében Mr. Rodmell. - És ez nem briliáns?
- Sabal azt mondta, hogy ekkora kőből ilyen csiszolással sima ékkövet lehet csinálni - magyarázta Mr. Arya.
- Kérem, küldje be Sabalt - szólt Mr. Rodmell.
A bányavezető kiment. Mr. Rodmell Mirának mutatta az ékkövet, majd Mr. Everest is a kezébe vette.
- Szerintem szép munka - mondta Mr. Everest.
Ekkor lépett be Mr. Arya és Sabal. A fiú belépve csodálkozott, hogy három ember néz rá. Éles indiai arcvonások, élénk szem, férfias tartás - egy érdeklődő tekintetű fiatalember állt Mr. Rodmell előtt.

- Jó napot - nézett körül Sabal, és összetette a két kezét. Mindenki bólintott összetett kézzel. Mr. Rodmell a kezébe vette a csiszolt ékkövet és Sabal felé mutatott.

- Szép munka.

A fiú kissé elhúzta a száját, de nem szólt.

- Nem tetszik a munkád? - kérdezte Mr. Rodmell.
- Nem a munkám nem tetszik, hanem a kő - mondta a fiú.
- Mi a baj vele?
- Mr. Rodmell. Először is nagyon köszönöm önnek a lehetőséget, hogy a kezembe ad egy ilyen szép szakmát. Mindig tisztelettel fogok önre gondolni. Azonnal megmondom, hogy mi a baj a kővel, csak először még valamit. A mesterem - kezdte Sabal - igazi művésze a szakmának. Az ő tanítása egyedi. A tudása magas szintű: olyan precíz, sugárzó, fényes briliánst, mint ő, nem tud készíteni senki.
- Van titok? - kérdezte Mr. Rodmell.
- Igen, van. A gyémántcsiszolást bárki megtanulhatja, de a briliánst nemcsak a géppel készítik, hanem lélekkel is. Ahogy a fény a kőbe minden oldalról beáramlik, és ott összegyűlve, szinte kirobbanva távozik, csak úgy tökéletes, ahogy a mesterem tanította.
- Ez mit jelent, Sabal? - kérdezte Mr. Rodmell.

A fiú ekkor kezébe vette a gyémántot, amit ő csiszolt, és így szólt:
- A kelet-európai csiszolási mód azt jelenti, hogy csiszolás után minél több maradjon az eredeti kőből. A nyugat-európai csiszolásnál a lényeg, hogy a gyémántot értékesebb briliánssá tegye. Ezért itt több a veszteség a forma kialakítása miatt. Maga a gyémánt és a csiszolás minősége adja az igazi briliáns értékét. De hogy magyarázatot adjak a fény fontosságára, szeretném most bemutatni, hogy a tökéletes csiszolás hogyan gyűjti össze a fényt a kőben, hogy a csillogás létrejöjjön.

Mr. Rodmell és Mr. Everest összenéztek. Ekkor a fiú Mirára nézett, odament hozzá és megállt előtte. Mira bizonytalanul felállt. Mielőtt még megszólalhatott volna, a fiú így szólt:
- Nézzék meg a hölgy szemét és ezt a gyémántot, amit csiszoltam. Mind a kettő gyönyörű. De mind a kettő csak akkor fog

csillogni, ha tudjuk a csillogás titkát. És most közelebb megyek, a szem elkezd csillogni. Ha megfogom a hölgy kezét és belenézek a szemébe, akkor látni a tökéletes csillogást.

A levegő megállt. Még pár pillanatig így álltak, és hagyták, hogy a szemek tovább beszélgessenek.

– Ezentúl – szólalt meg a fiú –, ha gyémántot briliánssá csiszolok, minden kőben ezt a csillogó kisugárzást keresem, amilyen most az ön szeméből árad – mondta.

Ekkor Sabal egy lépést hátralépett, összetette a két kezét, és kissé meghajolva mondta:

– Köszönöm.

A csendben Mr. Rodmell szólalt meg.

– Valóban egyedi és hatásos szemléltetés volt. Meg is kérlek rögtön valamire – nézett Sabalra. – Nemsokára Londonban bemutató lesz az aukciós házban. Kérlek, rajzolj le egy hagyományos indiai női és férfi eljegyzési és esküvői kollekciót. Ha tetszik és jóváhagyom, akkor el kell készítened kifogástalan minőségben. Ez lesz a vizsgamunkád. Mindent te választasz ki. A gyémántot, az aranyat, és ami még ide tartozik. Mindent megkapsz, ami ehhez kell. De vigyázz! Mindennek úgy kell csillogni, ahogy Mira szeme csillogott a bemutatód alatt.

Ekkor Sabal kissé meghajolt, bólintott, majd újra Mr. Rodmellre nézett.

– Köszönöm a bizalmat – mondta. – Ígérem, Mr. Rodmell, hogy a legszebb kollekció rajzait fogom bemutatni önnek – folytatta, és hátrálva kiment a teremből.

A három férfi és Mira egymásra néztek, de Mira szólalt meg először:

– Mr. Rodmell. Míg itt tartózkodunk önnél, kérem engedje meg, hogy hasznossá tegyem magam.

Mr. Rodmell kérdően nézett a lányra.

– Nagy híve vagyok az indiai nép ékszerkultúrájának, amely világhírű. – Kérem – nézett mosolygósan Mr. Rodmellre a lány –, engedje meg, hogy tanácsaimmal segítsem az eljegyzési és esküvői kollekciók kiválasztását Sabalnak. A rajzok összeállítását természetesen ön véglegesíti. Boldogan keresem az indiai ékszerművészet legszebb kollekcióját, ha megengedi, Mr. Rodmell.

- Kedves Mira. Köszönöm, hogy felajánlja segítségét, amire épp most szerettem volna megkérni - nézett a lányra Mr. Rodmell. - Az ön ízlésvilága biztosan harmóniában van a népi ékszerkultúra világával - tette hozzá a bányatulajdonos mosolyogva. - A Saballal történő közös munkájukban legyen öné a jó ízlés és a harmónia, a fiú munkájában pedig a tökéletes szakmai megoldások és az elegancia az elsődleges szempont - mondta.

- Köszönöm a lehetőséget, Mr. Rodmell. Még délután beszélek Saballal - mondta a lány.

Ekkor Mr. Everest a bányatulajdonoshoz fordult:

- Öröm volt hallgatni, ahogy mindenki a tudása legjavát ajánlja fel önnek, Mr. Rodmell. Én sem szeretnék kimaradni a hasznos csapatmunkából. Itt, Sambalpurban és környékén nagyon sok és nagyon jó minőségű gyémánt található - kezdte a férfi. - Az áttetsző színe és a hibátlan minősége miatt az itt található gyémánt mindenhová felhasználható. Szép és értékes ékszert készítenek belőle. Ha ön, Mr. Rodmell, mint új beszállító szeretne bekerülni az ékszerpiacra, akkor jó minőségű és „jó" áron kínált kollekciót kell kialakítani - magyarázta Mr. Everest. - De semmi nem mehet a minőség rovására. Ezért szeretném a figyelmébe ajánlani a műgyémánt felhasználását, Mr. Rodmell. Mert ha ön elkészít egy kollekciót tiszta gyémántból, azt előbbutóbb megvásárolja egy gazdag ember. Csak az időn múlik. De a műgyémánt felhasználásával szemre tetszetős, kifogástalan minőségű tömegtermelést alakíthatna ki. Az emberek szeretik a szépet, főleg, ha az megfizethető. Ha ezt a műgyémántot becsomagoljuk aranyba, platinába, ezüstbe, akkor ezekkel a foglalatokkal, amik védik a kopástól, megfizethető tömegcikké változtatják a szép és esztétikus alkalmi „ékszereket". Ezért ezekben a napokban szeretném körbejárni az itteni műgyémánt-felhasználók körét, hogy mindent megtudjak beszerzéséről, felhasználhatóságáról, minőségéről és a gyártással kapcsolatos tudnivalókról - mondta a férfi.

- Fantasztikus! - nézett mosolygós szemmel a bányatulajdonos Mr. Everestre.
- Én azt hittem - kezdte Mr. Rodmell -, hogy a botanikus professzor doktor Mr. Everest és a Mirát a kórházból kiszabadító kommandós, valamint a lakókocsis betörő Mr. Everest engem már semmivel nem tudna meglepni. De tévedtem - mosolygott Mr. Rodmell -, és most attól sem lennék meglepve, ha önnek valahonnan az ékszer- és a drágakő-felhasználás területén, valamilyen emberi vagy szakmai kötődése lenne. Vagyok olyan önző, Mr. Everest, hogy nem szabadkozom, ha ön nekem jószolgálati tevékenységet ajánl fel. Egyszóval nagyon hálás lennék, az elképzeléséből minél több hasznos információt megosztana velem.
- Így lesz, Mr. Rodmell, de javaslom, hogy ezt a beszélgetést ebéd után, egy pohár bor mellett folytassuk - mondta mosolyogva.
- Rendben, Mr. Everest - egyezett bele a másik, és elindultak a kijárat felé.

Másnap, mikor Mira lement a bányairoda egyik termébe, Sabal kiterített, indiai eljegyzési és esküvői ékszer rajzokat nézegetett.
- Jó reggelt, Sabal.
- Jó reggelt, kisasszony - válaszolt Sabal, miközben összetett kézzel kissé meghajolt.

Mirán látszott, hogy zavarban van a tisztelettel bemutatott köszöntés miatt.
- Sabal, kérlek, szólíts csak Mirának - mondta. - Köszönöm az udvariasságodat - folytatta. - Adjuk meg egymásnak a lehetőséget, hogy tegezve is tudjuk tisztelni egymás véleményét és akaratát - nézett a fiúra.

Sabal kissé zavartan mondta:
- Köszönöm a bizalmat - majd egy pillanat múlva hozzátette: -, Mira.

A lány kis fejbiccentéssel válaszolt, majd elindult az asztalon lévő rajzhoz.
- Én úgy gondolom, Mira - kezdte a fiú -, hogy ezekből a rajzokból válasszuk ki az eljegyzési és esküvői kollekciókat. Szakmailag kiválasztom a kilenc fő drágakőfajtát, ami alapja egy tökéletes kollekciónak. Kiírom, milyen további kövekre és

anyagokra lesz még szükségünk. Te összeállítod a kövek emberi testre és szervezetére gyakorolt hatásait. Más ásványkő kell egy nyaklánchoz, amely elősegíti az emberi szervezetben a belső nyugalmat és a higgadtságot. Más drágakő kell a fülbevalóhoz, az ott található csakrákra gyakorolt hatása miatt. Más kell a karkötőhöz – kagyló és arany –, amelyek előnyösek lehetnek a hatásuk miatt. A homlokdísz hasonlítson a nyaklánchoz, egyben fejdísz is legyen. Tudom, ez nem könnyű feladat, de így egyszerűbb dolgod lesz, ha én kiírom külön-külön, hogy melyik drágakövet melyik ékszerhez használjuk fel.

Ezután kérdőn Mirára nézett.

– Ez a munkamegosztás nagyon szimpatikus, mert tudjuk, milyen feladatot kell pontosan elvégeznünk – nézett Sabalra a lány.

– Ezt tanultam a mesteremtől, és ez így mindig működött – tette hozzá a fiú.

Mindketten nekiláttak a munkának. Sabal adta a felhasználni kívánt drágakövek listáját, Mira kereste a katalógusból a kövek egészségre gyakorolt pozitív és negatív hatásait. Szó nélkül is értették egymást. Egész délelőtt folyamatosan ment a munka. Ebéd után csak egy rövid időre volt szükség, hogy elkészítsék Mr. Rodmellnek a kollekcióhoz megfelelő drágakövek listáját. Ekkor lépett be Mr. Rodmell és Mr. Everest. Egyből a kiválasztott rajzokat nézték. Érezni lehetett, hogy Mr. Rodmell kérdezne is valamit, mert hol az egyik, hol a másik rajznál időzött. Ekkor Mira szólalt meg:

– Kérem, Mr. Rodmell. Mint ön is látja, Sabal kiírta a fejdíszhez a hozzávaló anyagokat. Ezután...

De Mr. Rodmell közbeszólt:

– Kedves Mira. Most én vagyok a vevő, ezért engem most csak a végeredmény érdekel. Ahogy látom, önök az anyagok előkészítésével szépen haladnak, és harmonikus a munkakapcsolat. Amit elém tettek, az nagyon szép munka. Kérem, folytassák az előkészítést, hogy az anyagok megrendelését időben leadhassam – nézett a két fiatalra.

– Mehetünk is – nézett Mr. Everestre a bányatulajdonos, és elindultak a kijárat felé.

A két fiatal egymásra nézett. Sabal tekintete a lányon egy pillanattal tovább időzött, amit Mira rögtön észrevett. Ő is hirtelen visszanézett a fiúra. Ezután, mintha egy tiltott cselekedeten rajtakapták volna egymást, mindketten lehajtott fejjel keresték, hol is hagyták abba a munkát. Ezután az idő gyorsan szállt. Késő délutánra készült el a hozzávalók listája.

– Mira – szólt Sabal a lányhoz. – Holnap délelőtt megyek az ötvösműhelybe. Ha lenne időd, kérlek, gyere velem, hogy kiválasszuk az arany és a többi anyagok minőségét és színét.

– Szívesen – mondta a lány. – Úgy szeretem az arany fényét és színét, és az ékkövek csillogását! – folytatta a lány.

Másnap Mr. Everest rögtön a reggeli után elköszönt, hogy megy műgyémánt-beszerzési és --felhasználási kutatást végezni. Sabal és Mira az ötvösműhelybe siettek. Mr. Rodmell az irodában egyeztetett a bányavezetővel, Mr. Aryával. Mr. Rodmell épp az ablaknál állva gondolkodott, mikor az úton megjelent egy fehér színű lakókocsi. Szép lassan ment. A két férfi a fülkéből érdeklődve nézelődött körbe-körbe. Mr. Rodmell ösztönszerűen az ablak széléhez húzódott. A szemével követte a lakókocsi útját. Kissé távolabb a fehér lakókocsi megfordult, és visszafelé már gyorsabban ment a város felé. Mr. Rodmell csak nézett az autó után, de úgy érezte, hogy még a feje is megfájdult. Odament az asztalhoz.

– Mr. Arya, kérem, ezeket az anyagokat a listáról rendelje meg. Én most felmegyek a szobámba, mert furcsán fáj a fejem – mondta. A hálószoba ajtó előtt megállt, és a tenyerét a homlokára tette. *Csak nem leszek beteg?* – gondolta. *Nekem sosem fájt a fejem.*

– Egy csésze teát kérek – szólt be a konyhába a házvezetőnőnek. Csak úgy lefeküdt az ágyra. Becsukta a szemét. De ekkor elkezdett szédülni. Gyorsan felnyitotta a szemét és a szédülés megállt. *Mi lehet a baj?* – gondolta. *A szemeim, mintha ólom húzná le őket. Most meg mintha hányingerem is lenne. Mi történik velem?* – gondolta.

– Mr. Rodmell – hallotta a házvezetőnő hangját. – Rosszul van? Hozzak valamit?

Csukott szemmel hallgatta a kérdéseket, és rázta a fejét.

– Hívjak orvost?

Megint csak rázta a fejét a bányatulajdonos. Csend lett a szobában. Így, becsukott szemmel csak azt látta, hogy egy mély, sötét kútba esik lefelé. A víz valahol messze csillogott, de még nagyon-nagyon messze volt. Nem tudta, mennyi ideig zuhant, csak egy férfihangra lett figyelmes.

- Mr. Rodmell. Ébren van?

Nagyon nehezen nyíltak ki azok a súlyos szemek.

- Dr. Reddy vagyok. Mi a baj, Mr. Rodmell?
- Minden. Mindenem ólomból van, doktor úr.
- Védőoltásokat kapott?
- Igen, rendben megkaptam őket.
- Az előbb már megmértem a lázát, Mr. Rodmell. 39,5 C fok volt. Ez egy influenza esetében rendben van. Mindjárt megmérem a vércukorszintet. Ha az nem túl alacsony, akkor egy kóbor influenzavírus találta meg, Mr. Rodmell.
- Rossz randi, de legalább az ágyban van a megoldás – mosolygott rá a doktor. – A házvezetőnővel megbeszéltem, mikor milyen orvosságot kapjon. Hallgasson rá, és aludjon és aludjon – mondta.

Mr. Rodmell csukott szemmel hallgatta a szavakat. Gondolatai nem voltak, és megint jött a mély kút.

- Mira, Mr. Rodmell beteg. Az orvos már volt itt és azt mondta, hogy valószínűleg csak influenza – sorolta a házvezetőnő, mikor a lány hazaérkezett.
- Kérem, csak feküdjön le nyugodtan. Nálam vannak Mr. Rodmell gyógyszerei. Minden gyógyszert úgy és akkor fog megkapni, ahogy az orvos rendelte – mondta.
- Köszönöm szépen, hogy ezeket elmondta. Így már nyugodt vagyok – nézett a házvezetőnőre, és elindult az emeletre a szobájába.

Mr. Everest is csak délután érkezett meg. A házvezetőnő neki is ugyanúgy beszámolt Mr. Rodmell betegségéről.

- Mr. Everest, ha kérhetem, csak egyenként jöjjenek a konyhába vacsorázni, és majd reggelizni is, hogy legyen időm mindent fertőtleníteni – szólt a házvezetőnő.
- Természetesen – bólintott a férfi. – És kérem, most vigyázzon ránk – mondta mosolyogva Mr. Everest, és elindult a szobája fele.

Bent csak leült az íróasztal előtti székre és bekapcsolta a laptopját. De meg sem várta, hogy lásson valami a gépen. Lassan levetkőzött, és bement a fürdőszobába. A forró fürdőtől bágyadtan jött ki. Fürdőköntösben ült újra a számítógép elé. Beírta a keresőbe: „Az indiai maharadzsák jogai a mai törvények szerint". *Ez jó lesz* – gondolta, ahogy a monitorra nézett és izgatottan kezdte olvasni a szöveget.

Észre sem vette, hogy már sötét van. Felkelt a székről, és csak odament az ablakhoz. Kint nagyon gyér volt a világítás. Egyszer csak azt látta, hogy sötét ruhában, kissé meggörnyedve négy-öt ember jön a ház felé. Mr. Everest értetlenül állt az ablak előtt, majd az ablak kilincsére tette a kezét és elfordította. Az ablak két szárnya kinyílt. Ahogy kinézett, a ház sarkánál akkor fordult be épp egy alak a bejárat irányába. Mr. Everest jobbra-balra nézett, hogy van-e ott még valaki, és becsukta az ablakot. Felkapta a ruháját, és sietett ki a bejáraton. Nézett jobbra-balra, de sehol senki. Hallgatózott, de csend volt. Megfordult, és bement az épületbe. Kulccsal bezárta a bejárati ajtót, és visszament a szobájába. A számítógép világosságánál újra az ablakhoz ment, és félig sötétben kémlelt ki az ablakon.

Tovább kezdett olvasni, de az agya máshol járt. Még egyszer odament az ablakhoz, és csak bámult kifelé. Sehol senki. Egy kis idő után lekapcsolta a számítógépet és lefeküdt az ágyába. Ezután eltelt egy nap, majd még egy nap, majd egy harmadik is. Mr. Everest minden este lekapcsolt villanynál kémlelte a ház körüli terepet, de sehol senki. Mr. Rodmell napról napra jobban volt. Mira és Sabal mindennap mentek az ötvösműhelybe, egyeztettek a mesterrel és válogatták a gyémántokat a már meghatározott ékszerhez. Mr. Everest este a szobájában szépen szortírozta a dokumentumokat, amelyek a műgyémánt beszerzését, forgalmazását, feldolgozását tartalmazták. A számítógép képernyőjén csak írások voltak. Mr. Everest beírta a keresőbe: „A maharadzsák vagyoni jogviszonya az 1970 szeptember 7. utáni köztársasági elnöki rendelet után". Elkezdte olvasni. Még éjfélkor is ezt tette. Egyszerűen nem vette észre az időt. A lefekvés utáni elalvás is nehezen ment.

- Ma délelőtt itthon leszek - szólt reggel Mr. Everest a házvezetőnőhöz.

- Ha mégis elmegy, uram, kérem, zárja a bejárati ajtót. Nálam lesz egy másik kulcs - mondta.

Mira és Sabal tették a dolgukat. Mr. Rodmell ragaszkodott hozzá, hogy ajtaja mindig zárva legyen. Csend volt az egész házban. Mr. Everest felnézett a számítógép előtt. Pár másodpercig csak nézett maga elé. Ekkor felállt, és gondterhelt arccal elindult a szobaajtó felé. Kilépett a lépcsőházba. Körülnézett. Óvatosan elindult fel az emeletre. Megállt Mira szobája előtt. Újra körülnézett. Óvatosan benyitott a lány szobájába. Üres volt. Először az ágyra nézett, majd gyorsan körbe-körbe. A szekrény melletti kisasztalon meglátta Mira táskáját. Odament, és elemelte. Újból körülnézett, és elindult a szobaajtó fele. Miután kívülről becsukta, sietett lefelé. Nem találkozott senkivel. Ment a szobájába. Gyorsan becsukta az ajtót. Egy pillanatig még ott állt, mint aki nagyon megkönnyebbült. Az asztalon félretolt mindent, és rátette Mira táskáját. Ezalatt Mira és Sabal párba válogatták azokat a gyémántokat és drágaköveket, amelyek egymáshoz illettek.

- Nézd csak, Mira! Így fog kinézni az ékszer, ha elkészül.

Mira mosolygósan nézegette a mintát.

- De jó lenne felpróbálni! De nekem ilyen nem is járna - mondta maga elé.

- Miért? - nézett rá Sabal.

- Mert nincs pénzem sem, ráadásul azt sem tudom, melyik kasztrendszerben volt a családom - mondta a lány.

Sabal értetlenül nézett rá.

- Te még foglalkozol azzal, hogy a szüleid melyik kasztrendszerbe tartoztak? - kérdezte.

- Érdekelne, de már nem annyira - tette hozzá unottan. - Viszont még ma is sok családban tartják a haragot, hogy ha nem tartják be az elvárt ősi törvényeket - nézett határozottan a fiúra Mira.

- Biztos igazad van - kezdte a fiú. - Az egykori őseim harcosok voltak, akik így az első három kasztrendszerbe tartoztak. A szüleim azt mondták, hogy nekem szerencsém van, hogy szabad választásom lehet, ha eljön az ideje - szólt a fiú. - Lehet, hogy talán nem szabadna ilyet mondani az egykori őseinkről, de a mai szemmel nézve embertelenül nagy volt a megkülönböztetés a kasztok között. El tudod képzelni - folytatta a fiú -, hogy csengőt kellett az „alsóbbrendű" embereknek hordani a nyakukban azért, hogy figyelmeztessék a többieket, hogy egy „kevesebbet érő" ember jön velük szemben? - magyarázta Sabal. - Ha kimentek az utcára, a kezükben köpőcsészét kellett hordani, hogy abba köpjenek, nehogy beszennyezzék az előkelőségek földjét? - magyarázta kissé ingerülten a fiú.

– Igazad van – nézett Mira a fiúra. – Nekem is mesélték, hogy olyan szégyen volt a lányoknak, ha nem tudtak fiatalon férjhez menni, hogy képesek voltak egy-egy tárgyhoz hozzámenni feleségül, hogy hordhassák a pöttyöt a homlokukon – folytatta a lány.

– Volt a rokonságban egy fiú – kezdte Sabal. – Azzal dicsekedett, hogy ő kétszer született. A második születésnapi beavatás akkor történt, mikor a fiú nagykorú lett. Ezután lettek ők is „árják", az az uralkodó réteg, akiknek a jele a bal vállon függő szent vonal.

– Azért én nagyon örülök, hogy ez a sok embertelen megkülönböztetés már csak a múlté – nézett Sabal a lányra.

– Azért annak nagyon örülök – kezdte a lány –, hogy ezek a népi hagyományok az esküvői ékszereknél ilyen régóta és szépen megmaradtak.

– Igazad van – nézett Sabal a lányra, és a tekintete Mira arcán maradt. A lány csodálkozva nézett vissza, majd kissé bájosan így szólt:

– Tudod, Sabal, azért mégiscsak úgy felvenném ezeket az ékszereket egyszer, amikor már minden kész lesz, hogy belenézzek a tükörbe, hogy is néznék ki igazi indiai ékszerben tündöklő menyasszonyként – mosolygott a fiúra Mira.

– Ígérem – nézett mélyen a lány szemébe Sabal –, mindent megteszek azért, hogy te legyél az első, aki ezeket az esküvői ékszereket hordani fogod. Én magam fogom bekapcsolni a nyakláncodat, és a fejdíszt is én fogom a homlokodon megigazítani a fejed jobb és bal oldalán is – mosolygott Sabal.

- Ha már ilyen szépen megbeszéltük a jövő teendőket, akár vissza is mehetünk az ötvösműhelybe, megnézni a délutáni teendőket - mosolygott Mira a fiúra.

Sokáig voltak ott. Csak az ablakon vették észre, hogy már sötét van. Sabal figyelmesen kísérte Mirát hazáig a sötétben. Csak a bejárati ajtó előtt néztek egymásra.

- Jó éjt, Mira - köszönt el a fiú.
- Jó éjt, Sabal. Vigyázz hazáig - tette hozzá.
- Oké, oké - szólt a fiú, miközben visszafordult.

Bent Mira a konyhában evett valamit, és a szobában hagyta, hogy gondolatai újra előjöjjenek. Fürdés után a puha ágyban lecsukta a szemét, és már aludt is. Villódzó fényre, kiabálásra és büdös füstre ébredt. Csak a dörömbölést hallotta az ajtón, de a füsttől nem látott semmit. Mr. Everest hangja volt.

- Itt már nem tudok bemenni, mert a lépcső is ég - kiabálta.

Az egész felső szint fából volt, és égett, mint a zsír. Mira a takarójába burkolózva az egyik ablak alá bújt. Ezután mindenhol láng és forróság. Ekkor az ablaküveg, ami alatt Mira elbújt, nagy robajjal szétdurrant. A szilánkok szanaszét repültek. Ekkor a szél még erősebben fújta keresztbe a füstöt és a lángot. Ekkor már az ajtó is égett, ami a lépcsőházba vezetett. Mira még jobban összehúzta magát az ablak alatt. A takarójával a fején védte magát a hőtől és a lángtól. Kintről kiabálás és ordítás hallatszott. Messziről mintha tűzoltóautó szirénája hallatszott volna, de a tetőszerkezet recsegése és ropogása miatt nagy volt a hangzavar.

- Mira! - hallotta a takaró alól Sabal hangját. - Mira, hol vagy?

A lány a takaróját kissé felemelte az arcától, hogy jól hallja-e, a nevét kiáltják.

- Mira, szólj, ha itt vagy! - hangzott Sabal kiabálása.

Épp az ablak alatt hallotta a hangot. Összeszedte minden erejét, és ahogy tudta, kiabálta:

- Sabal, itt vagyok az ablak alatt - és újra a fejére húzta a takarót, mert a hő, a füst és a láng is erős volt.

- Mira, megyek! - hallotta a fiú hangját. Sem nem látott a takaró alól, sem nem hallott, csak iszonyúan félt.

– Mira – hallotta egyre közelebbről a lány. – Itt vagyok a tűzoltólétrán. Hol vagy?
 Mira csak egy kicsit emelte fel a takaróját, úgy kiabálta:
 – Az ablak alatt – és a hang felé nézett. Egy alak jelent meg az ablaknál. Sabal nézett be rajta.
 – Sabal, itt vagyok – kiabálta a fiú felé.
 A tűzben látszott, hogy forróság zúdul ki az ablakon.
 – Állj fel ide, az ablak elé – hallotta a lány.
 Mira felállt, a takaróját is úgy tartotta, hogy a hőtől és a lángtól védje a testét. Ekkor látta meg a fiú Mirát.
 – Gyere gyorsan! – hallotta Sabalt.
 Mira az ablakhoz lépett. A fiú behajolt az ablakon. Két kézzel megfogta a lány derekát. Ekkor szakadt le Mira alatt a fapadló. Még erősebben fogta Sabal a lányt, hogy ő is le ne zuhanjon. Mira hátán a takaró csúszni kezdett lefelé. Még erősebben érezte a perzselő hőséget. A takaró alsó része meggyulladt. Mira kétségbeesett.
 – Segíts! – kiáltotta a fiúnak.
 – Szorosan ölelj, és gyere a hátamra! – kiabálta a fiú, miközben kissé meghajolt.
 Egyik kezével a tűzlétrába kapaszkodott, a másikkal segítette a lányt a hátára. A tűzlétra felső fokát tartó csavar kicsúszott az égő fából. Sabal és Mira súlyától elkezdett kifelé dőlni. Szerencsére a következő létrafok még stabil volt. Óvatosan lépkedett Sabal lefelé. A következő lépésnél az előző tartócsavar is kicsúszott az égő fából. A létra még jobban kezdett kidőlni a faltól. Sabal a lábával kereste a következő lépcsőfokot, Mira erősen kapaszkodott a fiúba. *Legalább még egy létrafokot el kell érnem* – gondolta a fiú.
 – Jöjjenek – hallotta lentről egy férfi hangját, és érezte, valaki irányítja a lábát, hogy a következő lépcsőt elérje. Ezután még két lépcső, és a fiú lába földet ért. Mira, mintha ránőtt volna a hátára, úgy kapaszkodott és szorította a fiút. Sabal Mirával a hátán kicsit ellépett az épülettől, de a lány még ekkor sem engedte el. Sabal kissé leguggolva hátraszólt:
 – Lent vagyunk.

A fiú érezte, hogy Mira enged a szorításból. Sabal óvatosan megfordult, és átölelte a lányt. Így álltak pár másodpercig.

- Most már minden rendben lesz - hallotta Mira a fiú hangját, és érezte, hogy a fiú megsimogatja a haját.
- Vigyázzanak, megjött a tartálykocsi! - hallották, és az oltóvíz erős sugárban zúdult a mellettük égő épületre.
- Jól vagy? - fordult a fiú Mira felé.

A lány csak szaporán bólogatott.

- Mira, most jól figyelj - mondta, és a lány fejét a két kezébe fogta. - Nem mondhatod el senkinek, hogy én hoztalak le az emeletről, megértetted? - és mélyen a lány szemébe nézett. - Mondd, hogy egy tűzoltó volt. Senki nem tudhatja meg, hogy én ma este itt voltam. Majd később mindent elmagyarázok - hallotta a lány Sabal szavait.
- Ugye megígéred? - kérdezte a fiú.

Mira kissé bizonytalanul bólogatott.

- Igen, igen, persze - mondta.

Ekkor Sabal megfordult, és gyorsan eltűnt a sötétben. Mira lassan elindult az épület bejárata felé.

- Mira! - hallotta Mr. Everest hangját. - Hát ön itt? Hogyan jött le? - kérdezte izgatottan.
- Egy tűzoltóba kapaszkodtam, aki az oldalsó tűzlétrán lehozott - mondta.
- És Mr. Rodmell? - kérdezett gyorsan vissza a lány.
- Mindenki kint van, és jól van. Nyugtassuk meg Mr. Rodmellt, ott ül az épülettől kicsit távolabb - mutatott abba az irányba Mr. Everest.
- Mira - nézett a lányra a bányatulajdonos. - Mira! - dadogta remegő szájjal a férfi.
- Jól van, Mr. Rodmell? - kérdezte aggódva a lány.
- Most már, hogy ön is itt van, kisasszony, most már jól. Most már minden jól van - tette hozzá.
- Úgy gondolom - kezdte Mr. Everest -, mivel már két óra van, Mirával elmennénk a közeli szállodába és kivennénk három szobát. Mirát otthagyom, és visszajövök önért - sorolta.

77

- Köszönöm, Mr. Everest. Tegyen úgy, ahogy jónak látja – bólintott a bányatulajdonos.
Ahogy elindultak a kocsi felé, Mira megtorpant.
- De az összes iratom a táskámban volt fenn az emeleten – nézett kétségbeesetten Mira a férfira.
- Én az ön táskáját a konyhában, egy széken láttam. Ott nem volt tűz – nézett Mirára Mr. Everest.
- Én nem emlékszem, hogy lehoztam volna – mondta a lány.
- Pedig én láttam. Talán reggel elfelejtette magával vinni. Nézzük meg és menjünk, mert Mr. Rodmell vár bennünket vissza – szólt Mr. Everest.
A konyhába belépve valóban ott volt a széken Mira táskája.
- Nem értem, de most nagyon örülök, hogy ilyen feledékeny voltam – mondta, és ő is elindult az autó felé.
- Csak ide, a közelebbi hotelbe megyünk – fordult Mr. Everest Mirához. – Minél előbb legyen egy biztonságos, nyugodt helyünk – folytatta. – A betegség és ez az esemény most nem tettek jót Mr. Rodmell egészségének – tette hozzá. – Ez a tűzeset is rejtély, és az ön kiszabadulása az égő házból kész csoda – nézett Mirára a férfi. – Be kell vallanom, hogy most itt örömmel nézek önre, hogy egészségesen kiszabadult abból a tüzes pokolból – mosolygott rá Mr. Everest.
Lassan a hotel elé értek. Bent a recepciós megmutatta a három egyágyas szobát. Mr. Everest visszaindult az égő házhoz. Mira a szobájába leroskadt az ágy szélére, tenyerébe temette az arcát, és akkor tört ki belőle a zokogás. Nemsokára a két férfi is megérkezett. A bejelentkezések után mindenki ment a saját szobájába. Mindenkinek kellett a forró fürdő, és utána hamar jött a mély álom. A másnapi reggeli után mind a hárman visszamentek a leégett épülethez. Egy tűzoltókocsi még ott felügyelte a kiégett házat.
- Önök – fordult Mr. Rodmell Mirához és Mr. Everesthez – csak nyugodtan menjenek a dolgukra. Én maradok, és intézem az épülettel kapcsolatos teendőket – mondta. Ekkor ért oda a bányafelügyelő, Mr. Arya is.
- Mi történt? – mutatott a leégett épületre.

- Én sem tudom, Mr. Arya. Csak a füstre és az épület ropogására ébredtünk fel. Mivel csak az épület felső szintje volt fából, talán elektromos szikra lehetett, vagy ilyesmi - mondta szomorúan. - Nekem ez érthetetlen - tette hozzá.
- Kérem, Mr. Arya, ma intézkedjen helyettem is mindenben - sorolta a bányatulajdonos. - Mr. Everest - fordult Mr. Rodmell a férfihoz -, kérem, kísérje el Mirát az ötvösműhelybe. Nézze meg a fiatalok munkáját, és ha lehet, jöjjön vissza és mondja el a véleményét, de már úgy, mint egy ékszerek világában régóta jártas szakember - mosolygott rá a bányatulajdonos.

Mr. Everest és Mira autóval gyorsan az ötvösműhelyhez értek.
- Köszönöm, hogy elhozott, Mr. Everest - mosolygott rá Mira.
- Szívesen, de szeretnék elmondani önnek valamit, kedves Mira.

A lány csodálkozva nézett a férfira.
- A tegnapi tűzesettel kapcsolatban. Én most nem csak örülök, de nagyon boldog is vagyok, hogy ön ilyen szerencsésen átélte ezt a szörnyű esetet. De annak a képnek még jobban örültem, ahogy egy alak jött le a tűzoltólétrán, és én az alak lábát a tűzoltólétra fokára segíthettem, hogy biztonságosan leérjen azzal az édes teherrel, amit az égő házból lehozott. Így a fizikai erő megmentette az ő lelki erejét - nézett csillogó szemmel Mr. Everest a lányra.

Mira szólni sem tudott. Csak nézte a férfit és csodálta az őszinteségét.
- De mivel a hivatalos beszámoló egy tűzoltót jelölt meg, aki megmentette önt, majd mindenhol az szerepel.

Mira csak lesütött szemmel bólintott, majd kiszálltak a kocsiból és elindultak az ötvösműhely bejárata felé. Bent mindenki örült, hogy Mira és Mr. Everest is egészséges. Sabal büszkén mutatta Mr. Everestnek a készülő kollekciót.
- Felhasználásuk sorrendjében készítjük elő a kívánt anyagokat. Ennél az asztalnál épp most csináljuk a savtesztet. Az arany önmagában a salétromsavban nem oldódik. Így állapítják meg, hogy az arany valódi-e vagy nem. De itt készítjük a színes aranyötvözeteket is. Ha aranyhoz rezet adunk, akkor rózsaaranyat kapunk. A fehéraranyat nikkel hozzáadásával érjük el. Most épp

ezüsttel ötvözzük az aranyat, így zöld színű aranyat kapunk. Ott már kész a kék arany, mert vassal ötvöztük. Ezt egészítjük ki ezzel a lila arannyal, amelyben alumíniummal ötvöztünk a szép sárga aranyat.

Mr. Everest csak döbbenten hallgatta a fiút.

– Büszke lehet rád Mr. Rodmell – nézett a fiúra. – Amit eddig csináltatok, Sabal, az egy nagyszerű munka – mondta elismerően Mr. Everest.

Ekkor Sabal összetett kézzel, meghajolva mondta:

– Köszönjük szépen.

Mr. Everest is elköszönt. Ekkor Sabal Mirára nézett. Szólni akart, de Mira közbevágott:

– Mindig hálás leszek, hogy egyáltalán gondoltál rám – nézett a fiú szemébe Mira. – Hogy hogyan kerültél a házhoz éjjel egy órakor, azt nem tudom, de biztosan oka van annak, hogy azt kérted, hogy ne szóljak, hogy te is itt voltál az éjjel – magyarázta a lány.

– Tudod – kezdte a fiú –, apám éjfélre ért haza. Anyám mondta, hogy apám a bölcsek rendkívüli tanácskozásán van. Anyám faggatta, hogy mi volt az a fontos, hogy eddig tartott a megbeszélés. Megtudták, hogy szerintük az ősi ellenség, Mr. Rodmell, aki miatt a harci díszbe öltözött férfiak és gyerekek meghaltak, újra itt van a házában. Most is a legöregebb bölcs követelte, hogy véglegesen álljunk bosszút a bányatulajdonoson. Hiába szólaltak fel többen, amit az orvos is megerősített, hogy a festékben található higanytól halnak meg, amivel befestik magukat. Utasította a tudatlan embereket, hogy minden megváltozik, ha felgyújtják az ősi ellenség házát. Mikor apámtól megtudtam, rohantam ide a házhoz. Mondtad, hogy az emeleten egyedül alszol. Nem érdekelt, hogy megégek, csak az volt a fejembe, hogy neked nem lehet semmilyen bajod – állt a lány előtt lehajtott fejjel.

Mira csak nézte az őszinte fiút. Majd miközben Sabal felemelte a fejét, egymásra néztek, és a tekintetek újra csillogva beszélgettek. Sabal szólalt meg először:

- Ha megtudná otthon a bölcsek tanácsa, hogy az ősi ellenségemen segítettem, talán még a családunkat is kitagadnák a faluközösségből.

- Sabal - kezdte a lány -, ott az égő épületben nagyon megörültem a hangodnak, mikor kerestél. Nagyon köszönöm, és örökké hálás leszek érte - mosolygott Mira a fiúra.

Mind a ketten összetett kézzel, lehajtott fejjel álltak egymással szemben pár pillanatig.

Eközben Mr. Everest beszámolt Mr. Rodmellnek a fiatalok szorgalmas munkájáról. A bányatulajdonos elégedetten hallgatta a jó híreket.

- Úgy érzem - kezdte Mr. Rodmell -, elég jól vagyok ahhoz, hogy akár holnap is tovább tudjunk repülni Raichurba az aranyés csillámbányákhoz. Onnan már nincs messze a negyedik bánya sem. Itt, a Kolar aranymezőkön szintén arany- és csillámbányák vannak. Mr. Everest - fordult Mr. Rodmell a férfihoz. - Ön már elintézett mindent a műgyémánt-beszerzéssel, -forgalmazással, -felhasználással kapcsolatban?

- Igen, szerencsére sikerült minden információt beszereznem, ami minket érdekelt. A repülőúton majd lesz miről beszélgetni - mosolygott Mr. Everest.

Ide kell valami átkötés.

- Mira - nézett a lányra Mr. Rodmell. - Így, hogy leégett az épület, itt nem hagyhatom magára ebben a városban. Ha végeztünk a Kolar aranymezőn, mindent átbeszélünk az ön jövőjével kapcsolatban. Talán nem is bánja, hogy tovább fog tartani Dél-India megismerése - nézett kérdőn a lányra Mr. Rodmell.

- Egyáltalán nem. Ritka lehetőség ez számomra, hogy hazámat jobban megismerhetem. Úgy tudom, hogy nem is lesz olyan hosszú idő a bányalátogatás. És még ki tudja, milyen pozitív élmények várnak ránk - mosolygott a lány.

A reggeli indulás előtt Mr. Rodmell hívatta Sabalt.

- Nem maradunk sokáig távol - kezdte. - A kollekcióval kapcsolatos bármilyen észrevétellel fordulj Mr. Aryához. - Tudod - mosolygott a fiúra Mr. Rodmell -, a gyémántok, mint

„Mira szemének csillogása", ahogy ígérted – mondta és összetett kézzel fejet hajtott.
Mr. Everest is így köszönt el a fiútól. Mira és Sabal tekintete találkozott. A szemek csillogtak, és volt egy kis szájremegés is. Lassan, összetett kézzel és lehajtott fejjel, szó nélkül búcsúztak. A két férfi is érezte a fiatalok közötti érzelmi vibrálást. Ezután az autóval elindultak a repülőtér irányába.
– Mr. Rodmell – szólalt meg Mira. – Nincs kedve a másik szállodába felé menni? Kíváncsi lennék, hogy ott áll-e még a fehér lakókocsi – mondta.
– Jó, menjünk – szólt előre Mr. Everestnek a bányatulajdonos. Hamar ott voltak a szálloda előtt.
– Bejön, Mr. Rodmell? – kérdezte a lány. – Vajon megtudjuk, hogy kik voltak azzal a fehér lakókocsival? Jön ön is, Mr. Everest?
– Mindjárt megyek, csak itt hátul meg kell néznem valamit – mondta.
Bent a recepcióshoz odalépett Mira.
– Kérem, két napja itt állt a parkolóban egy fehér lakókocsi. Itt van még a két férfi, vagy elmentek már? – kérdezte Mira.
– Talán ismeri őket? – kérdezett vissza a recepciós.
– Úgy volt, hogy itt várnak minket – füllentett Mira.
– Két napja megjelent egy férfi, akivel egész délelőtt ott tárgyaltak a sarokban – mutatott hátra a férfi.
– Igen, és? – nézett rá Mira.
– A férfi elment, a két testvér itt csak annyit beszélt, hogy most már nyugodtan hazamehetnek, mert otthon kell majd a hiányzó iratokat beszerezni és elvinni a találkozóra – mondta a recepciós.
– És bemutatkozott a férfi, aki kereste őket? – kérdezte Mira.
– Nem, én őt sohasem láttam – válaszolta közönyösen a recepciós.
– Köszönjük – szólt a bányatulajdonos. – Mi is megyünk utánuk – tette hozzá, miközben lassan elindultak a kijárat felé. Kint az autóhoz értek.
Mr. Everest a hátsó kereket nézte.

- Lassú defektünk van. Remélem, még elérünk a repülőtérig - tette hozzá.

Gyorsan odaértek. Mira és Mr. Everest kiszálltak az autóból és bementek jegyet venni, Mr. Rodmell az autókölcsönzőben leadta a terepjárót. Nem kellett sokat várni a gép indulásáig. Raichur messze volt. A nagy gép a beszállóhelyre gördült. A repülő ajtajában a légiutas-kísérő hölgyek népviseletben fogadták az utasokat. A vörös tónusú szári, a deréknál fedetlen rész és a szoknyaként használt alsórész nagyon elegáns volt. A népi papucs egy talpból és két pontból állt. Imára összetett kezek, mély főhajtás, és üdvözléskor a „namaste" kijárt mindenkinek a mosolygós légiutas-kísérőktől. A hosszú út miatt gőzölgőn forró szalvétát kapott minden utas a légiutas-kísérő hölgyektől az arc felfrissítésére és kéztörlésre is. Az étlapon a vegetáriánus és a normál menü is megtalálható volt. Minden helyet elfoglaltak az utasok. A gép lassan a kiindulópályára állt, majd elindult. Hamar elérte az utazómagasságot.

- Most egy hosszabb nyugodt idő következik - szólalt meg Mr. Rodmell.

- Legalább pár dolgot át tudunk beszélni - válaszolta Mr. Everest.

- Tudja, Mr. Rodmell - kezdte a férfi -, sikerült több gyémántcsiszoló műhelybe bejutni, de az összes közül egy idős mesternél láttam a legkülönlegesebb dolgokat. Ahogy beléptem hozzá, üdvözöltem illedelmesen. Összetettem a két kezem, és kissé meghajoltam. Ő egy széken ült, előtte egy asztal. Rám nézett. Akkor láttam, hogy valamit forgat a nyelvével a szájában. Ízlelte, forgatta, kissé bólogatott és hümmögött. Egyszer csak egy közepes nagyságú gyémántot vett ki a szájából.

- Ez így rendben - mondta.

Egy ruhadarabbal megtörölte, és az asztal bal oldalára tette. Ekkor újra rám nézett, kis mosolyra húzta a száját, csücsörített és csak annyit mondott:

- Ez valódi.

Ezután, mintha ott sem lettem volna, az asztalról elvett egy ugyanolyan gyémántot, mint az előbbi volt, és azt is a szájába tette. Rám nézett, felhúzta a szemöldökét és kérdőn nézett rám. Közbe a nyelvével forgatta a gyémántot a szájában. - Mr. Everest vagyok. Szeretnék kérdezni öntől valamit, Mr. - és vártam, hogy elárulja a nevét. De ő csak forgatta a szájában a gyémántot. Pár másodperc után felnézett rám. Kivette a gyémántot. - Nézze, uram - kezdte. - Becsapják az embereket. Ha két egyforma gyémántot lát, sose higgye, hogy mind a kettő igazi. Ha egy igazi gyémántot a szájába vesz, érzi azt a hűvös, hideg érzést, mert a tömör gyémánt állandó hőfokú. Ha egy műgyémántot vesz a szájába, annak a szerkezete nem olyan tömör, mind az igazié, és mindig kissé melegebb, mint a valódi - magyarázta, és rám nézett. - Már megbocsásson, uram - kezdte -, nem valószínű, hogy ön egy vőlegény, inkább egy tehetős kereskedőnek nézem az urat -, mondta. - Tudok valamiben segíteni? - nézett rám.

- Műgyémánttal is dolgozó gyémántcsiszolókat keresek fel. Érdeklődöm, honnan lehet beszerezni, milyen könnyű vagy nehéz megmunkálni - soroltam neki.

- Mint látja, uram, nincs műhelyem, nincsenek dolgozóim, tehát nem gazdagodtam meg. Az én világom az eredeti drágakő. A briliáns, ahogy összegyűjti a fényt, hogy aztán kirobbanjon belőle tündöklő csillogással és eleganciával. Ahogy az áttetsző színe a tiszta lelkűséget, a tömör szilárdsága a hajlíthatatlan őszinteséget jelenti nekem. Az áttetsző, hibátlan briliáns csiszolása lett a tökéletes munkám jelképe. Valamikor a mesterem olyat is mesélt, hogy a gyémánt csak akkor törhető, ha megmunkálás előtt bakkecske vérébe áztatjuk be. De ha a bakkecske bort és petrezselymet fogyasztott, úgy a vére sokkal hatásosabb - mondta mosolygósan a mester. - Ráadásul a gyémánt okos is, és nem enged semmilyen erőnek és hőnek. A kapzsi nagyurak gyémántot és más ékköveket akarnak összeolvasztani egy olvasztótégelyben. A rubintokat és gyémántokat hevítették. A gyémántok egyszerűen elillantak, elégtek, de a rubintok a hőtől sokkal szebbek lettek, mint előzőleg. De most, ha megbocsát, uram, látja, még sok drágakő van ebbe a szelencében - és már nyúlt is a dobozba, és egy gyémántot már a szájába is vett.

Mr. Rodmell mosolyogva hallgatta a beszámolót.
- És a műgyémántok? - nézett Mr. Everestre.
- Természetesen, amit akartam, megtudtam azokról is. Egy másik helyen az első kérdésemre már jött is a válasz: Kína. Manapság már mindent Kína csinál.
- De hozzá kell tennem - mondta a szakember -, nagyon jó minőségben és nagyon jó áron is. Gyönyörű „növesztett" gyémántot készítenek Kínában. Egy pici darab gyémántot betesznek egy vákuumkamrába. 1300 fokon és nagy nyomáson szén-tartalmú gázt pumpálnak a kamrába. Ez a gáz a kamrában reakcióba lép a mag gyémánttal és kristályosodni kezd. Minél tovább hagyjuk ezt a műveletet a kamrában, annál nagyobb lesz a szintetikus műgyémánt - magyarázta Mr. Everest.
- Ön már tiszta kémikus is lesz, Mr. Everest. Erről az eljárásról még nem is hallottam. Mindig azt hittem, hogy a műgyémánt műanyagból készül - nézett össze a két férfi.
- Igaza van, Mr. Rodmell. Ezt a három nyersanyagot használják az ékszerekhez. A valódi gyémántot, ezt a „növesztett" gyémántot, és van cirkóniumból készült ékkő. A cirkóniumot bányásszák. Ritka, szép, de karcolódik és törékenyebb is. Természetesen ezt is Kínában kell keresni - tette hozzá Mr. Everest.
- Köszönöm - szólalt meg Mr. Rodmell. - Ezek az információk nekem már túl szárazok - mondta mosolyogva.

Eközben Mira mellett az ablaknál egy kislány aludt. Jó volt látni, ahogy egyenletesen szuszog. Mira ölében a táskával csak merengett. Hol a tüzes pokol jutott eszébe, hol Sabal hangja, hol az elrablása utáni ébredés a hotelben, hol a szülei temetése. Még a táskáját is jobban szorította, mikor a szüleire gondolt. De valahogy a táska ölelése közben úgy érezte, hogy annak alja nem olyan feszes, mint korábban. Unottan kinyitotta a táskát, és teljesen az aljáig belenyúlt. A belső sarkába egy cipzár fogantyúját érezte. Belenézett, és eltolta a sarokból, ami ott volt. Egy újabb cipzár volt a belső sarokba varrva, amiről teljesen megfeledkezett. Belenyúlt, és próbálta elhúzni a zárat. Engedett. Szépen, kíváncsian húzta a másik oldalig. Egy barna valamit látott bent. Óvatosan kihúzta az egyiket. Hindi nyelven rá volt írva: „Patr ka khyaal rakhama". (Vigyázz a borítékokra.) Döbbenten olvasta újra.

Valamikor ezt mondta otthon édesapám is egy ebédnél – gondolta. Körbenézett, mintha valami rejtegetni valója lett volna. A borítékban egy nagy papírra családfa volt rajzolva. A papír tetején szöveg. „Agroha család örökösei." A két vastag ágán az Advik, és a másik az Amey neév. A fa alatt egy versforma.

„*Örökséged könnycsepp őrzi
itthon nem lelt megnyugvásra,
hogyha Ádám hídján haladsz
várni ott Buddha fog háza.*"

Egyre izgatottabban forgatta az ölében a két borítékot. A másikat is kellene bontani – gondolta. *Nem bírom ki, amíg leszállunk.* Ekkor felállt, és a táskájával csendben elindult a mosdó felé. Bent lehajtotta az ülőke fedelét, és ráült. Felnyitotta a borítékot. Két kisebb boríték volt bent. Kívülről az egyikre a „Bérleti szerződés" szöveg volt írva. A másikon az „Agroha család története". *Előbb ezt* – gondolta, és felbontotta a ragasztást.

„Az Agroha nevű maharadzsacsaládnak volt két fia. Advik a nagyobb, de veleszületett betegségben szenvedett, és Amey, a kisebbik, aki okos, művelt, szorgalmas volt. A családfő aggódott, hogy a jogos örökös, Advik nem tudja továbbvinni a családi ügyeket, ezért a vagyona minden darabját – palotákat, lóversenypályákat, termőföldeket, ékszereket – pontosan a közepén kettéosztotta, és a felét a kisebbik fiúnak, Amey-nek adta. Így próbálta biztosítani továbbra is a családi örökséget. Így az örökség birtoka, vagyona kettészakadt. A családfő halála után Advik örökösei ezt nem fogadták el, mondván, hogy ők a törvény szerinti egész vagyon örökösei. Ezért a kisebbik testvér rokonságát felkeresték, hogy adják vissza az örökség felét. De azt sehol sem találták, ezért lemészárolták őket. De én, Amey, a kisebbik fiú, az örökségemet bizonyító okmányokat, tulajdoni lapokat, eredetbizonyító iratokat, sok-sok ékszert valahova eldugtam. Ezt a két levelet elvittem a Deol családhoz, az én leszármazottjaimhoz, hogy amint lehetséges, egy-két generációval később keressék meg és egyesítsék újra az ősi Agroha család birtokait és minden vagyonát. A két borítékban lévő okmányok tartalmazzák családfát és azt a bérleti szerződést, amelyekkel igazolni tudod, hogy az elrejtett vagyon, dokumentumok jogos tulajdonosa vagy. Kérlek, ha te vagy a Deol család törvényes örököse, segíts, hogy ott fent megnyugodjon a lelkem és örömmel gondolhassak arra, hogy ez a testvéri gyűlölet szeretetté szelídül. Köszöni neked az igazi ősi felmenőd, az Agroha családból Amey."

Mira fel sem fogta, mi ez az egész.

– Apám beszélt valami ilyesmit, de nem gondoltam, hogy ilyen komoly – magyarázta magának. *Ha a szállodába érünk, újra átnézem ezeket* – gondolta, és visszapakolt mindent a táskájába, majd elindult a helyére.

A gép közepén szembejött vele Mr. Everest. Ránézett Mira táskájára, és egy huncut mosoly látszott a szája szélén. Mira ránézett, és ment tovább. Leült a szunyókáló kislány mellé. A táskáját most nem az ölébe, hanem oldalra tette. Érezni akarta, hogy ott van mellette. Egy ideig csak ült, majd lecsukta a szemét. A táska fogantyújába bedugta a kezét. Sóhajtott egyet, és ült tele gondolatokkal. A repülő már sötétben szállt le Raichurban.

Innen ismét hiányzik átkötés.

– Mr. Rodmell, ideje, hogy végre egy finom vacsorával zárjuk ezt a napot.

– Jó ötlet – szólt közbe Mr. Everest.

– Találkozzunk az étteremben egy negyedóra múlva – nézett rá a bányatulajdonos.

Mirának csak annyi ideje maradt a szobában, hogy a csinosabb ruháját vegye fel. Az étteremben le is aratta a bőséges dicséretet, hogy nincs nála csinosabb az egész helyiségben.

– Sűrű programunk lesz holnap? – kérdezte kíváncsian Mira a bányatulajdonostól.

– Itt Raichurban két bányám van. Egy aranybánya és egy csillámbánya. Mind a kettőhöz egy-egy nap kell – sorolta Mr. Rodmell.

– Két bánya! – ismételte kissé irigyen Mr. Everest. Mr. Rodmell a férfira nézett.

- Tudja, Mr. Everest, ez olyan jól hangzik, hogy két bányám van. Na persze nem panaszkodom, de most én fogok önnek meglepetést okozni - mosolygott rá Mr. Rodmell. - Van egy aranybányám itt, és egy csillámbányám is. Ezt a csillámbányát tartják el az aranybányáim.

Mr. Everest és Mira csak nézte a férfit.

- Azt mondják - folytatta Mr. Rodmell -, hogy az üzletben nincs barátság és emberség sem. De van, Mr. Everest! Holnap először a csillámbányába megyünk, és a látogatás végén ön tudni fogja, hogy ezt a bányát, ha ráfizetés is, miért kell mindenképpen üzemeltetni - mondta nyomatékosan a bányatulajdonos.

Mr. Everest elhúzta a száját. Mira csodálkozva nézett Mr. Rodmellre.

- Holnapután az aranybányát nézzük meg, ezután marad még egy nap a Kolar aranymezőre.

Mr. Everest és Mira is még mindig csodálkozva néztek Mr. Rodmellre. Közben megjött az étlap. A szokásos tikka masalát kérte a két férfi. Mira a chana masalát.

- Egy helyi borkülönlegességet kérünk ez után a finom tejfölös csirke után - nézett a pincérre Mr. Everest.

A férfi kissé meghajolva bólintott, és elindult a konyha felé. Ezután Mira a tanulmányairól beszélt. Mr. Everest az idegenlégiós időről, Mr. Rodmell az üzleti élet furcsaságairól. Hamar eltelt az este. Reggel kissé fáradtan ébredt mindenki. A svédasztalos reggeli nagyon finom volt.

- Lassan indulunk - szólt Mr. Rodmell. - A csillámbányászat már hajnalban indul - tette hozzá.

Az autóból szép, egészséges növényzet és nyugodt környezet volt látható, majd a jármű letért az útról egy völgy felé. Lent körbe-körbe mintha óriási ürgelyukakat fúrtak volna a földbe. Ekkor az látszott, hogy gyerekek rohannak az egyik lyukhoz. Ordítás és sikítás hallatszott. Egy gyerek egy lyuk előtt erőből, két kézzel kaparta a földet, és a másik fiú valamit ki akart húzni a betemetett lyukból. Ahányan odafértek, két kézzel kaparták a földet, a többiek húzták a gyerek lábát. Akkor ért oda a kocsi. Mr. Everest azonnal odarohant és segített húzni a gyerek lábát.

Majd félrelökte az egyik fiút, és erősen kaparta a gyerekről a földet. Ezután gyorsan megfogta mindkét lábát, és erősen meghúzta. A gyerek kicsúszott a lyukból. Szerencsére az arca lefelé volt, így a szájába és az orrába nem került föld. Mindenki a földet porolta róla. Mr. Everest megfordította a fiút. Négy-öt éves lehetett. Kinyitotta a szemét. A professzor riadtan nézett rá. Szerencsére a portól elkezdett köhögni. Egy hét-nyolc éves fiú dühösen majdnem félrelökte.

– Nem megmondtam, hogy ne ide menjél? – üvöltötte. – Ez a lyuk egyszer már beomlott. A másikban is van annyi, mint ebben – folytatta a szidást. – Mert sosem figyelsz rám. Mert rád mindig vigyázni kell, mert sosem fogadsz szót! Most majdnem itt maradtál – záporoztak a szidalmak a kisfiúra. – Azt hiszed, hogy elég az, amit én egyedül hazaviszek? A te pénzed is kell, hogy valamit enni is tudjunk, tudod jól – folytatta.

Ekkor Mr. Everest magához húzta a szidott kisfiút.

– Maga meg csak babusgassa! Ezután még annyit sem fog dolgozni, mint eddig. Vagy ki tudja nekünk fizetni a napi három-négy dollárt, amit ezért kapunk? – és a lyukakra mutatott. – Nézze csak meg. Itt mindenhol gyerekek dolgoznak. Minél kisebb a gyerek, annál kisebb lyukat kell fúrni, hogy ki tudják bányászni a csillogó anyagot.

– És a szüleitek? – kérdezte értetlenül Mr. Everest.

– Ők is dolgoznak, ha tudnak, de nem mindenki tud. Nézzen körül! Mit lehet itt dolgozni? Miből vegyünk valamit, ha nincs mit csinálni? – hangoskodott a fiú már szinte a sírás határán. – Gyakran van, amikor csak a mi pénzünkből tudunk valami ennivalót venni – mutatott az öccsére. – Szedd össze magad és menjünk, mert még annyit sem kapunk, mint tegnap. Pedig ma is csak a mi kettőnk pénzén tudunk valamit venni – hadarta a fiú.

Mira, Mr. Everest és Mr. Rodmell csak álltak a gyerekek mellett. Lassan minden gyerek fogta a kis kosarát, és már el is tűntek a mély lyukakban.

– Minden hónapban két-három gyerekre ráomlik a föld. De van, amikor nem élik túl az omlást – mondta lehangoltan Mr. Rodmell. – Már négy-öt évesen elkezdik, és örülnek, ha este három-négy dollárt haza tudnak vinni, amiből ételt tudnak venni – jegyezte meg keserűen.

– Tényleg nincs itt semmi munkahely? – nézett érdeklődve Mr. Everest a bányatulajdonosra.

– Itt még iskola sincs. Tanulatlan emberek csak néha kapnak valamilyen munkát. Arra is gondoltam már, hogy ezt az egész csillámbányát eladom. Nekem ez veszteséges. De ez a bánya hivatalosan nem is létezik, az aranybányám leple alatt forgalmazom a csillámot is. A helyi hivatal tűri, hogy itt ilyen kitermelés folyjon, hisz' a hivatal segélyt sem tud adni. Azt mondták, hogy várják a befektetőket. De azért sem adom el a bányát, mert aki megveszi, az a nyereségért veszi meg, és még ennyit sem tud a gyerekeknek fizetni, mint én.

– Ez döbbenet! – fakadt ki Mira.

– Gépekkel nem lehet nyereségessé tenni ezt a munkát? – kérdezte Mr. Everest.

– Ha gépet hozok ide, a gyerekek szülei elzavarnak innen, hogy elveszem azt a kevés pénzt a családoktól, ami neki az egyetlen lehetőség, hogy magukon segíteni tudjanak. Ráadásul a gépi kitermelés drága. Már nincs akkora kereslet a csillámra a szépségiparban, hogy kifizetődő legyen. Ezt a csillámot például szemhéjfestékbe keverve használják. Ezt a csillogó hatást már sok cég szintetikusan előállított anyagokkal helyettesíti. Igazából már azt várom, hogy ebben a régióba is valamilyen munkahelyet alakítsanak ki. Addig hagyom, hogy az emberek valahogy segíteni tudjanak magukon, még ha a gyerekeik segítségével is – mondta szomorúan Mr. Rodmell. – Ott, a darálónál kissé könnyebb a munka – mutatott egy fedéllel ellátott, nyitott, fagerendás épületre. – A csillogó ásványt tartalmazó föld először a darálóhoz kerül. Először kézzel kisebb darabokra tördelik, majd ezután géppel apróra darálják. Ezután a finomra őrölt micát elkülönítik a szennyezőanyagoktól, majd csomagolják. Ezen a munkahelyen nagy a por. Az ott dolgozók belélegzik ezt a port. Így megy a tüdőbe és a szembe. Ezért ez a folyamat szó szerint életveszélyes. A por tüdőbajt és vakságot okoz. Ezt a csillogó port az aranybányából származó arany mellett titokban szállítom Angliába.

Mira és Mr. Everest csendben hallgattak.
- Ez embertelen, Mr. Rodmell, mégis hálás vagyok, hogy tovább segíti az itteni embereket - mondta már csillogó szemmel Mira. - Én is hálás vagyok, hogy idehozott bennünket, Mr. Rodmell. Néha látni kell a poklot, hogy jobban tudjuk becsülni az otthoni kényelmünket - folytatta Mr. Everest.

A bányatulajdonos csak bólintott, és lehajtott fejjel hozzátette:
- Jelenleg a segítség az első a túléléshez vezető úton. Kérem - nézett fel a bányatulajdonos -, most be kell mennem oda az irodába - és elindult a daráló melletti épület felé.

Mira és Mr. Everest nézték, ahogy Mr. Rodmell elhalad a lyukakba ki-be mászó gyerekek mellett. A picik a lyukban, a nagyobbak a fejükön kosárral vitték a darálóba a „túlélő" micát. Ekkor megszólalt Mr. Everest mobilja. Csodálkozva nyúlt a zsebébe. Ránézett a kijelzőre.

- Á, Mr. Wolf! Jó hallani az ön hangját - mondta, majd pár másodperc múlva szólalt meg ismét. - Igen, természetesen, Mr. Wolf. Még pár nap, és indulok vissza. Igen, igen, minden rendben, Mr. Wolf.

Mira csak nézte a férfit. Ekkor Mr. Everest a másik füléhez tartotta a telefont.

- Természetesen, professzor úr - mondta, majd ránézett Mirára és befogta a telefon mikrofonját. - A főnököm, Mr. Wolf - suttogta, majd újra a készülékre figyelt. - Honnan telefonáltak? Maduraiból? Igen, tudom, hol van Madurai. Itt, Dél-Indiában. Most én is elég közel vagyok hozzá. Oda utazzak el minél előbb? - kérdezte Mr. Everest. - Ha sürgős, akár holnap is el tudok utazni a selyemfeldolgozó központi laboratóriumba - magyarázta. - Igen, ha holnap megérkezem, azonnal hívni fogom, Mr. Wolf - bólogatott a férfi, és kinyomta a telefont.

- Még ma meg kell rendelnem a repülőjegyet Maduraiba. A kutatólaborba kell mennem. Tudja, kedves Mira, nekünk a kutatómunka eredményeiből folyamatosan mindig fejleszteni kell valamit. Egy régi évfolyamtársam vezeti a kutatást Maduraiban. Mindig megosztjuk egymással az eredményeinket. Most épp a vadon élő lepkefajták hernyóinak gubószálait vizsgáljuk ipari célú felhasználásra. Ez az anyag vastagabb, erősebb, de kicsit sötétebb is, mint a tenyésztett selyemgubón található szál. De képzelje, már a hadiipar is érdeklődik a kutatásaink iránt! - lelkendezett Mr. Everest. - Most kísérletezünk a golyóálló mellény készítéséhez ezzel az anyaggal - magyarázta.

Mira csak nézte a lelkes férfit.

- Sajnálom, hogy nem lesz továbbra is velünk, Mr. Everest - nézett szomorúan a professzorra.

- Nem a világ végére megyek. Biztosan hamarosan találkozunk - mosolygott a férfi.

Ekkor látták, hogy Mr. Rodmell is közeleg, de vissza-visszanézett a dolgozó gyerekekre.

- Képzelje, Mr. Everest - kezdte, mikor Miráékhoz érkezett -, Mr. Arya, a bányavezető telefonált. Azt újságolta, hogy Sabal titokban gyémántcsiszolásra tanítja a húgát. Meg is mutatta a lány munkáját. Nagyon szép volt - mondta szinte lelkesen Mr. Rodmell. - Sabal azt mondta, nagyon nagy érzéke van a lánynak. Úgy kezdte tanítani a húgát, mint ahogy őt tanította a mestere. Kérdezi, hogy segíthet-e Sabalnak, míg vissza nem térek Szambalpurba. Én biztattam, hogy úgyis már csak pár nap, és meglátom, tényleg ügyes-e a lány - mondta.

Mira élénken hallgatta a férfit, majd kissé lehajtotta a fejét. Mr. Rodmell először Mr. Everestre nézett, majd Mirára.

- Talán valami bántja, kedves Mira?

A lány Mr. Everestre nézett.

- Kaptam előbb egy telefont a főnökömtől, hogy a Madurai-i selyemfeldolgozó kutatólaborba várnak - mondta a férfi. - Holnap oda kell repülnöm. De természetesen, Mr. Rodmell, még biztosan fogunk találkozni, hisz' vannak közös feladataink - mosolygott Mr. Everest. - Ha jól emlékszem, Mr. Rodmell, holnap az aranybányát látogatják, utána utaznak a Kolar aranymezőkre. Ott is két napot töltenek? - nézett kérdőn Mr. Everest a bányatulajdonosra.

- Igen, valahogy így.

- Akkor közel leszünk egymáshoz. Ha nem veszi tolakodásnak, Mr. Rodmell, ott fogom majd önöket telefonon keresni. De mivel

már lassan ebédidő lesz, ma én fogom önöket meghívni egy finom ebédre - szólt Mr. Everest. - Akár indulhatunk is - folytatta.
Az ebédnél a két fiatal férfi természetesen a saját munkájukról beszélt. Mirának eszébe jutott a két boríték a táskájában. *Valamikor meg kell mutatnom elsősorban Mr. Rodmellnek a két boríték tartalmát* - gondolta Mira. Úgy vélte, a bányalátogatások után fogja megkérni, hogy nézzék meg együtt, mit is jelentenek azok a papírok. De Mr. Everest találékonysága és rátermettsége is jól jött volna, hogy hogyan fogjon hozzá az ősök felkutatásához.
Mr. Rodmell észrevette, hogy Mira gondolatban valahol messze jár.
- Unatkozik, kedves Mira? - kérdezte.
- Nem, nem, Mr. Rodmell, csak megint eszembe jutott a csillámbánya látványa.
- Igen, értem. Valóban nehéz az embernek túltenni magát azon az állapoton és azt érezni, hogy sajnos nem tud tenni semmit. Ma délután pihenünk. Holnap, mikor az aranybányát megnézzük, ott talán rendben lesz minden - tette hozzá Mr. Rodmell.
- Kedves Mira - szólalt meg Mr. Everest. - Gondolom, ez alatt a sok utazás alatt sok mindent látott és hallott. Részese volt egy emberrablásnak, majd egy bányarablásnak is.
Mira csak hallgatta a férfit.
- Ezután beavatták önt is a drágakőipar rejtelmeibe. Barátságok szövődtek. Ezután egy sajnálatos tűzeset is történt, amiből ön is szerencsésen megmenekült. Itt a gyermekmunka kegyetlen világát is megismertük. Azon gondolkodtam, hogy történhet-e önnel még valami olyan, amire egyáltalán nem számít az ember. Vajon kerülhet-e olyan, teljesen más világba, amit eddig nem is ismert - nézett Mr. Everest a lányra. Mira csak hallgatta a férfit, de nem tudta, mire céloz.
- De mivel én - most kérem, ne lepődjön meg - kitanultam a kézről olvasás tudományát is, kérem, engedje meg, hogy a kezéből megjósoljam az ön jövőjét is - nézett mosolygósan a lányra, és Mira keze felé nyúlt. A lány bizonytalanul nézett a férfira. Mr. Everest Mira tenyerébe nézett, ám ahogy megfogta

a lány kezét, egy kicsit, alig észrevehetően megszorította. A lány Mr. Everestre emelte a tekintetét. Mr. Rodmell ebből nem vett észre semmit, de csodálkozva figyelte, amit Mr. Everest csinál. A férfi gondosan, érdeklődően nézte a szép női kezet. Vonalakat látott jobbra-balra, lefelé és felfelé. Olyan hozzáértően kezdte magyarázni, amit látott, mint egy dörzsölt jövőbelátó.

– Látom keresztben ezt a vonalat – kezdte a férfi –, ami azt jelenti, hogy hosszú élete lesz, kedves Mira. Látja, hogyan görbül lefelé? És ráadásul szép hosszan – magyarázta a férfi. De látok itt még egy függőleges, hosszú vonalat. Ez a sorsvonal. De itt, középtájban változik a vonal egyenessége, tehát nemsokára változás fog az ön életében történni – nézett a lányra a férfi. – Azt viszont ön is látja, hogy a változás után szép egyenes és hosszú a vonal – mutatott a lány tenyerére.

Mira meglepetten nézte a tenyerét.

– Itt mellette látom azt a vonalat, amely a társ vonala. Úgy látom, ez hamar jelentkezni fog önnél, hisz' közel van ez a két vonal egymáshoz – mutatott a lány tenyerére. Mira meg akarta nézni a két vonalat, de Mr. Everest már egy másikra tette az ujját.

– Nézze csak meg, kedves Mira. Ez itt a siker és a vagyon jele. Ahogy most látom, ez a jel nagyon vastag. Ez azt jelenti, hogy a vagyoni helyzete meglehetősen megváltozik, kedves Mira.

A lány megint Mr. Everestre nézett, a férfi pedig rá. Ekkor Mr. Everest újra érezhetően megszorította a lány kezét. Mira érezte, hogy ez már valamilyen jelzés akar lenni. Mr. Rodmell hol Mirát, hol Mr. Everestet nézte.

– Úgy látom, kedves Mira, hogy valamilyen segítséget fog kapni, hogy ezek a jóslatok teljesüljenek – nézett a lány szemébe a férfi –, de ezeket a jeleket értelmezve úgy tűnik, hogy mindez akkor válik valóra, ha engedi, hogy az ön körül lévő emberek közül valaki segítsen – mondta, és megint egy kicsit megszorította a lány kezét.

Mira ekkor a férfi szemébe nézett. Mintha lehajtaná a fejét, óvatosan bólintott. Mr. Everest értette Mira jelzését.

– Ez elképesztő, Mr. Everest! – szólt közbe a bányatulajdonos. – Ha eddig keveset tudtam volna önről, most már a jövőbelátás tudományát ismerő professzor doktor jövőbelátót kell, hogy tiszteljem önben - mosolygott rá Mr. Rodmell.

- Én holnap elmegyek - kezdte újra Mr. Everest, közben Mirára és Mr. Rodmellre is nézett. - Ez az utazás, úgy is mondhatnám, hogy inkább a jövőt építő utazás lesz - és újra Mira szemébe nézett.

Erre Mira alig láthatóan bólintott. Most valahogy úgy érezte, hogy Mr. Everest tud valamit a titkáról. Táskája, amikor az épület leégett, egyszerre csak a konyhában bukkant fel. *Vajon Mr. Everest tette oda? Vagy a borítékokat is már előző este felfedezte?* - tépelődött a lány. *Vajon megfejtette azt a verset is, hogy hol található az örökségem?*

Közben Mr. Rodmell szólalt meg:
- Természetesen megértem önt, Mr. Everest. A kutatás önnek is a legfontosabb tevékenység az életében. Kérem, majd hívjon, ha a munkája és ideje engedi - nézett rá Mr. Rodmell.
- Nem fogom elfelejteni - mosolygott Mr. Everest.

A közös ebéd után mindenki a szobájában tett-vett. Mr. Everest is a bőröndjét pakolta. Mikor végzett, elővett a mobilját és a repülőtéri pénztárt hívta. Egy női hang jelentkezett.

- Kérem, holnap reggel mikor indul az első gép Srí Lankára, Kandibe? - kérdezte.
- Délelőtt csak egy gép megy Srí Lankára. Fél nyolckor indul, egyenesen Kandibe.
- Az jó lesz - mondta Mr. Everest.

Közben Mira a szobájába újra elővette a két borítékot. A családfát nézegette. Sok-sok név szerepelt rajta, de az édesapja nagypapája volt az utolsó név ezen az ágon. Ezután még egyszer a kezébe vette a bérleti szerződést. Az érvényessége akkor jár le, ha valaki az örökösök közül ezt az eredeti szerződést bemutatja. De az, hogy hol van ez az örökség, csak a versből tudható meg. Ekkor Mira elővette a borítékot, amelyen a vers volt. Az első sor már elég talányos volt. Mi az, hogy az „örökséged könnycsepp őrzi"? *Ezzel nem tudok mit kezdeni* - gondolta. „Itthon nem lelt megnyugvásra" - volt a második sor. *Vajon azt jelenti, hogy nem is Indiában van? De akkor melyik országban lehet?* A harmadik sor:

„hogyha Ádám hídján haladsz". Arra emlékezett, hogy Ádám hídjáról még az iskolában tanultak, ha egyáltalán arról van szó. Az egy vékony földnyelv India és Srí Lanka között, ami összeköti a két országot. De azt is tanulták, hogy Srí Lanka olyan alakú sziget, mint egy könnycsepp vagy vízcsepp. Akkor ez magyarázza, hogy mi az, hogy „örökséged könnycsepp őrzi" – lelkesedett Mira. És ez azt is megmagyarázza, hogy „itthon nem lelt megnyugvásra". Tehát Indiából az Ádám hídján keresztül Srí Lankára kell menni, mert ott lehet valahol az öröksége. De csak abból tudja meg, hogy hol, ha megfejti a negyedik sort is. „Várni ott fog Buddha háza." Furcsának tartotta a megfogalmazást. És mi az az egyes és kettes a két szó tetején?

– Különben is, Srí Lankán olyan sok Buddha-ház van, hogy az összeset végigjárni lehetetlen! – mondta kétségbeesve Mira. Nem igaz, hogy ez a sor nem rejt valami biztos helyet, ahol az örökség van! *De az, hogy „várni ott fog Buddha háza", nekem most semmi segítséget nem ad* – gondolta a lány. Vagy lehet, hogy mégsem Srí Lanka az a hely. Mr. Everest azt mondta, hogy a Madurai-i selyemfeldolgozó és kutatóintézetbe megy. De akkor miért nem Srí Lankára? Vagy később utazik majd tovább? – tépelődött a lány. *Én már nem is tudom, hogy mit gondoljak. Mr. Everest biztosan jelentkezni fog, és ha jelentkezik, akkor már biztosan arról a helyről, ahol megtalálta az örökséget.* Ekkor Mira maga elé tette a két borítékot.

Ez valóban igaz lehet? Ez valóban vele történik? És ha ez mind igaz, mivel már csak egyedül maradt, ki az, akiben annyira megbízhat, hogy vele együtt valódi gazdája hetne a hatalmas vagyonnak? *Lenne olyan, aki nem a vagyonért, hanem saját magamért társam tudna lenni?* – tépelődött lány. *Most semmit sem tudok. Ha két nap múlva Mr. Everest jelentkezik, talán okosabb leszek* – gondolta.

A svédasztalos reggelinél Mr. Everest már nem volt a szállodában. Mira és Mr. Rodmell jóízűen reggeliztek.

– Kedves Mira – fordult komolyan Mr. Rodmell a lányhoz. – Még három-négy nap, és az én indiai utazásomnak vége. Tegnap, amikor a bányafelügyelővel beszéltem, mondta, hogy Sabal és az ötvösműhely is a napokban végez az esküvői ékszerekkel. Jövő hét végén Londonba lesz a kollekció bemutatása. Kedves Mira – nézett a lány szemébe a férfi.

– Lenne kedve velem jönni Londonba, és a bemutatón indiai manökenként bemutatni az esküvőre készített egész kollekciót? Végtére is az ön méretére készült az egész kollekció – nézett kérdően a lányra Mr. Rodmell.

Mira szemlesütve bólintott.

– És a vőlegény ékszereit is bemutatják? – kérdezte.

– Igen, természetesen. Egy manökenfiú fogja a bemutatón viselni – mondta közönyösen Mr. Rodmell. Mira nem ezt a választ várta.

– A bemutató után – folytatta a férfi – természetesen, ahogy megígértem önnek, a legfontosabb dolgot, az ön jövőjét is megbeszéljük – tette hozzá.

A jövő hét végéig még sok minden történhet – gondolta.

– Igen, igen, természetesen, Mr. Rodmell. Örömmel hordanám azokat a gyönyörű ékszereket egy bemutatón, mint fiatal indiai manöken – mondta bájos mosollyal Mira.

Reggeli után kocsival hamar az aranybányához értek. Hatalmas gödrök, markológépek, aranymosó szállítószalagok. A közelben egy mesterséges tó, amiből a mosáshoz használt vizet szivatytyúzzák. A kocsival egy megálltak faház előtt.

– Üdvözlöm, Mr. Varma – köszönt Mr. Rodmell az ajtót nyitó férfinak. – Szépen, folyamatosan mennek a gépek – mutatott a mosó felé Mr. Rodmell. – Talán egy bőségesebb eret találtak? – kérdezi kíváncsian.

– Igen, igen. A napokban találtuk ezt az aranyat tartalmazó eret. Szerencsére a múlt hét is jól sikerült – folytatta. – Most az a fő irány, amerre az ér vezet – mondta, miközben beléptek az épület ajtaján. Bent egy asztal, körben székekkel.

– Teát? – nézett a férfi Mirára és Mr. Rodmellre.

– Igen, köszönjük – válaszolták, és mindketten leültek az asztalhoz.

Ekkor csengett a sarokban a telefon. Mr. Varma felvette.

– Igen, most jött éppen – mondta, és Mr. Rodmellre nézett. – Önt keresik – nyújtotta a telefont Mr. Rodmell felé.

A bányatulajdonos meglepődve vette át.
- Rodmell - szólt a kagylóba. Pár másodpercig hallgatott, majd összeráncolt homlokkal kérdezte:
- Honnan? - és figyelmesen hallgatta a választ. Egy hosszabb csend következett.
- És már voltak is korábban mintát venni a geológusok? - tovább hallgatott.
- És még holnap is újra jönnek? - kérdezte. - Jó, mondja meg nekik, hogy holnap délután mindenképpen szeretnék velük találkozni. Köszönöm, Mr. Batra. És még annyit, hogy kérem, a holnap délutáni járathoz jöjjön ki elénk kocsival - fejezte be, és letette a telefont.
Először Mr. Rodmell csak csóválta a fejé, majd Mirára és Mr. Varmára nézett.
- Államosítani akarják azt az aranybányát tudományos célokra. Ugyanis az a bánya két és fél kilométer mély. A geológusok ebben a mélységben részecskeszámlálókat akarnak elhelyezni. Azt feltételezik, hogy azok a részecskék, amelyek az űrből jönnek és mélyen behatolnak a föld belsejébe, talán a „fekete anyag" bomlásának eredményei lehetnek.

Ekkor egy nagy levegőt vett Mr. Rodmell.
- De még azt is mondják - folytatta -, hogy az ottani Kolar-kőzet különleges sűrűségű, és kémiai összetételében is eltér a normális kőzettől. Hát, kérem tisztelettel - tárta szét a kezét Mr. Rodmell -, eddig csak azt tudtam az indiai kontinensről, hogy hetven millió éve levált Ausztráliáról. Hatvan millió évig utazott, míg tízmillió éve nyomódott az eurázsiai hegységrendszerbe. Holnap, kedves Mira, a kolari aranymezőre utazunk - mosolygott a lányra. - Meg kell állapodnom az indiai állammal, hogy mindenre kiterjedő, teljes kártalanítást kapjak. Természetesen - tette hozzá - senkinek nem tetszik, amikor valamit elvesznek az embertől. Bár, ha őszintén végiggondolom, minden ország szabadulni akar a régi gyarmatosítóktól - mondta kissé keserűen. - Valószínű, hogy most velem is ez történik. Rossz érezni, hogy épp most vesztek el egy darabot Indiából. Igen, tudom, marad még nekem két-három „pici India", de mindig rosszul viselem,

amikor valamit vagy valakit egyszer csak elveszítek - tette hozzá szomorúan, majd Mirára nézett.
 - Ezért is kérem még öntől, kedves Mira, hogy Londonban ön viselje azokat a gyönyörű ékszereket a bemutatón. Egy picit még szeretném húzni az időt a végleges elválás előtt - nézett a lány szemébe Mr. Rodmell.
 - Nagyon sokat köszönhetek önnek, Mr. Rodmell. Segítséget, empátiát, megértést. Talán soha nem tudom önnek viszonozni az irántam való jóságát - mosolygott rá a lány.
 - Nos, hogy már megint őszintén elmondtuk az érzéseinket, lassan vissza is indulhatunk a szállodába egy finom ebédre - mosolygott Mr. Rodmell a lányra.
 Az úton a kocsiban csak mindketten az utat nézték. Az ebédnél a felszolgálás udvarias volt, a csirke pedig nagyon finom. Szótlanul ették az ebédet. Néha egymásra néztek, de Mirán látszott, hogy valami nagyon foglalkoztatja. Mr. Rodmell épp kérdezni akarta, van-e valami gond, de a lány megelőzte.
 - Tudja, Mr. Rodmell, most szeretnék egy kicsit így hangosan gondolkodni.
 A férfi érdeklődően nézett a lányra.
 - Mr. Rodmell, én most köszönetet szeretnék mondani önnek, de úgy, mint egy indiai lány egy angol bányatulajdonosnak.
 Mr. Rodmell még élénkebben figyelte a lányt.
 - Nagyon sajnálom, ha valóban államosítani fogják az egyik aranybányáját. Persze mondhatnánk azt is, hogy India visszaveszi a régi tulajdonát.
 Mr. Rodmell még élénkebben figyelt.
 - Azért jár önnek köszönet, mert ezzel az utazással bemutatta nekem, egy indiai lánynak a két ország közötti gazdasági és kulturális különbségeket. Most én arra gondolok, Mr. Rodmell, hogy fürödtem gyermekkoromban indiai szent folyóban is, ahol a vízben emberek és állatok is fürödtek és a parton embereket hamvasztottak. Pár méterre tőlünk tisztítatlanul folyt a szent folyóba a szennyvíz. De Londonban, a légkondicionált szobában is pihentem már, különböző illatosított habfürdőkkel a kádban lubickoltam. Majd bekapcsolom a TV-t, és egy óvodás kisfiú szépen, értelmesen a három pillangóról szóló mesét mondott.

Itt, Indiában a hasonló korú gyerekek a hegyoldalba fúrnak két kézzel lyukat, hogy reggeltől estig még vasárnap is két-három dollárt keressenek, amiből a család élelmet tud venni. Önök, Mr. Rodmell, elhozták Indiába a jólét lehetőségét, de persze az is igaz, hogy azért maguk sem jártak rosszul. Ám sok időnek kellett eltelni, hogy itt is elterjedjen a tulajdonszerzési vágy kialakulása. Nekünk csak földünk volt, és sok-sok ásványi kincsünk, de úgy éreztük, hogy ez itt van, és kész. Nekünk a saját testünkkel, lelkünkkel, vallásunkkal volt a legfontosabb foglalkozni. A tanításainkban a legfontosabb volt az önismeret tudománya. Önök gazdasági téren fejlesztették a tudásukat a jobblét irányába, mi pedig különböző tanításoknál az élet újjászületését, és a körforgásának tanát hallgattuk a mi bölcseinktől. De most, mint indiai fiatal, be kell látnom, hogy változtatni kell. Nem akarom még egyszer látni a lyukakba ki-be kúszó gyerekek szenvedését akkor, ha lehetőségünk nyílhat, hogy boldog családokban a TV előtt üljenek. Inkább játszótereket és mesefelolvasást szeretnék látni. Tisztelem hagyományainkat, de úgy látom, hogy mindennel csak annyi időt szabad foglalkozni, amennyit az élhető életfeltételek megkívánnak. A hitet ápoljuk a templomban, az értéket termeljük a munkahelyen, a család csak akkora legyen, amelyben jól érezzük magunkat – mondta, és Mr. Rodmellre nézett.

– Ön okos lány, kedves Mira. Ön is érzi a kiszolgáltatottság keserű ízét. Látom, hogy mint fiatal hölgy jóléti életformára vágyik. Jövő hét végén, a bemutató után Londonban szeretnék majd erről is beszélni önnel – nézett sejtelmesen Mira szemébe a férfi.

Reggel a kijelentkezéskor a recepcióstól átvették a becsomagolt reggelit. Korán ki kellett menni a reptérre. Szerencsére kényelmes kis géppel utaztak. Az ebédet még a repülőn fogyasztották el. A reptéren Mr. Batra várta őket.

– A két férfi a bányafelügyelettől már várja önt, Mr. Rodmell – szólt Mr. Batra.

Mr. Rodmell csak bólintott. Már messziről lehetett látni a magasba nyúló bányaakna felvonóját. A hatalmas területen lévő bánya, mint egy nagy, kör alakú seb tátongott a felszínen. Az irodában a két férfi átátadta Mr. Rodmellnek az indiai kormány bányafelügyeleti hivatalának jegyzőkönyvét.

— Köszönjük, Mr. Rodmell, a megértő közreműködését — mondta az egyik, majd elköszöntek. Ekkor szólalt meg Mr. Rodmell telefonja. Csodálkozva vette ki a zsebéből. Mr. Everest volt.

— Üdvözlöm, Mr. Everest. Épp itt vagyunk Mirával a Kolar aranymezőn. Képzelje — de várjon egy kicsit, kihangosítom a telefont — nézett Mirára Mr. Rodmell. — Tehát azt akartam mondani, hogy épp most veszi el az indiai állam a kolari bányámat. Államosítják. Most kaptam meg a jegyzőkönyvet — hadarta. — Mi újság Maduraiban?

— Most ha először megengedi, Mr. Rodmell, én szeretnék kérdezni és kedveskedni önöknek.

Mira és Mr. Rodmell is csodálkozva néztek egymásra.

— Hallgatom, Mr. Everest.

— Itt Manduraiban én is kaptam a vendéglátóimtól egy utazási lehetőséget Srí Lankára. Holnap ott, Kandiben, Srí Lanka fürdővárosában díszes ünnepség lesz Buddha szent fogának tiszteletére. Én is velük megyek a hajnali repülővel. Szeretném, ha holnap délben ott tudnánk találkozni, mert egy meglepetést készítek önöknek, Mr. Rodmell.

Mira és Mr. Rodmell csak hallgatta a férfit.

— Lehet, hogy önnek most kissé furcsának tűnik a kérésem, de ha ismer engem, meglepetésem sorsdöntő lehet mindkettőjük számára.

— Igen, Mr. Everest. Megint meg tudott lepni. Így, hogy az itteni bánya sorsa eldőlt, nincs más dolgom, természetesen elfogadjuk a meghívást. Persze, el nem tudom képzelni, hogy mi lehet az a fontos dolog, amit nekünk tartogat.

— Kérem, kérem — szólt közbe Mr. Everest. — Kandiben a repülőtérről riksával jöjjenek a Buddha-házba. Ott várom majd önöket. Ön egy igazán nagyszerű ember, Mr. Rodmell — tette hozzá Mr. Everest.

Mr. Rodmell csodálkozva hallgatta a lelkendező férfit.

— Várom önöket, kedves Mira és Mr. Rodmell — mondta, és kinyomta a telefont.

Mira csodálkozva nézett a férfira.
- Már megint repülőjegyet kell rendelnem! - mondta mosolyogva Mr. Rodmell. - Mit szól ehhez, kedves Mira?
A lány a bányatulajdonosra nézett, és csillogó szemmel csak ennyit szólt:
- Boldog vagyok Mr. Rodmell.
A férfi csodálkozva nézte a lányt.
- Valamit tudnom kéne? - kérdezte.
- Kérem, uram. Szeretnék ebéd után önnel őszintén beszélni valamiről - mondta, és megint a férfira emelte a tekintetét.
Mr. Rodmell csodálkozva nézett a lányra. Az autóban, amíg a városba értek, csend volt. Az étterem sarkában egy kétszemélyes, terített asztalnál leültek.
- Tudja, Mr. Rodmell - kezdte a lány -, azzal kapcsolatban, amiről beszélni szeretnék önnel, van egy-két dolog, amiben bizonytalan vagyok. De amit tudok, azt szeretném megosztani önnel. Talán emlékszik arra, hogy az utazásunk során mondtam önnek egy mesét. Az öreg maharadzsáról szólt, és a két fiúörökösről. A nagyobbik fiú, a jogos örökös, beteg volt. Ezért, hogy biztosítva lássa az ősi családi vagyont, kettéosztotta, és így két örökös vitte tovább a családi vagyont.
- Igen, így volt. Igen, emlékszem a mesére, kedves Mira.
- A kisebbik fiú - folytatta a lány -, aki a vagyon másik felét kapta, ő volt az én felmenő rokonom apai ágon.
Mr. Rodmell meglepett arccal nézett a lányra.
- De mivel a maharadzsa halála után a jogos örökös fiú családja nem fogadta el, hogy a vagyon két fiúra száll, a kisebbik fiú rokonságát lemészárolták és az összes vagyon kezelését ők folytatták tovább. De az én felmenő ősöm a családi örökség összes dokumentumát elrejtette egy helyre. Azután készített két borítékot. Az egyik tartalmazza annak a helynek a bérleti szerződését, ahova a dokumentumokat és a kincseket rejtette. A másik borítékban egy családfatérkép található, alatta egy rövid vers:

„Örökséged könnycsepp őrzi, itthon nem lelt megnyugvásra, hogyha Ádám hídján haladsz, várni ott fog2 Budha1 háza."

Az első három sort megfejtettem. Addig, amíg ma délelőtt Mr. Everest nem telefonált, nem tudtam, mit jelenthet a negyedik sor. Az első három sor azt jelenti, hogy India déli részén van Srí Lanka sziget. Indiát és Srí Lankát egy keskeny földnyelv köti össze, amit Ádám hídjának neveztek el a bibliai Ádám és Éva története után. Ma, mikor Mr. Everest mondta, hogy holnap meghív bennünket Srí Lanka népi ünnepségére Kandiben, ahol egy templomban Buddha szent fogát őrzik, jutott eszembe, hogy a versben a fog szó felett egy kettes van írva, a Buddha szó felett pedig egy egyes. Tehát Buddha fog az érthető sorrend. De röviden, Mr. Rodmell, erről a legendáról csak annyit, hogy az ősi történet szerint az elhamvasztott Buddha-házban aranyból készült, hét drágakővel díszített kis sztúpa alatt őrzik. Azóta mindennap háromszor végeznek vele szertartásokat. Szerdánként jelképesen megmossák az ereklyét virágos, illatos vízben. A szertartások végén ezt a szentelt vizet szétosztják a jelenlévő látogatók között, mert úgy tartják, hogy ennek a víznek gyógyereje van. Tehát ott tartottunk, hogy a kandii Buddha-házban őrzik Buddha szent fogát. És itt jön most azok a bizonytalanság, amiről előbb már beszéltem. Például. Mr. Everest honnan tudja azt, hogy az én táskámba ez a két boríték volt? Miért mondta, hogy „egy meglepetést készítek önöknek, ami sorsdöntő lehet mindkettőjük számára"? Ha az én örökségem dolgát végzi, ahhoz a másik örököscsaládot is ismernie kell. Vajon a fehér lakókocsis autó tulajdonosai lehetnek a másik család tagjai? Vagy titokban Mr. Everest a hotelban találkozott a két fiatalemberrel, akik a fehér lakókocsival voltak? De most már csak igazából azt szeretném tudni, hogy ez a történet valóban így van-e, ahogy most gondolom – nézett kérdőn Mr. Rodmellre.

– Mr. Everestről én már mindent el tudok képzelni – mondta mosolyogva Mr. Rodmell. – Ő egy nagyon sokoldalú ember. De ha ez így van, kedves Mira, akkor úgy gondolom, az ön sorsa jó kezekben van. Most már én is nagyon kíváncsi vagyok, hogy holnaptól maharaninak szólíthatom-e – nézett mosolyogva a lányra.

– Köszönöm a megértését, Mr. Rodmell. Ember még irántam ennyi gondossággal, figyelmességgel és törődéssel nem volt, mint ön. Nagyon köszönöm - nézett a férfi szemébe csillogó szemmel a lány.

- Zavarba hoz, kedves Mira. A napokba gondoltam épp arra, hogy a sors tud bőséggel adni és kegyetlenül elvenni is. Tőlem elvette a két csodálatos lányomat, de vigasztalóan adott egy kedves, okos, csodálatos lányt, akivel kiélhetem gondolkodásomat, óvatos szeretetemet, és láthatom, hogyan kapja vissza a sorstól a neki járó értékekeit és vagyonát. De most majd ebéd után, kérem, emlékeztessen, hogy ne feledkezzünk meg a holnapi repülőjegy megrendeléséről sem - nézett mosolygósan a lányra.

Miután megérkezett a korábban megrendelt ebéd, mindketten jó étvággyal fogyasztották a finom tikka masalát.

A hajnali gép tele volt utasokkal. Turisták és indiai zarándokok mentek látogatni a szent helyet. Kandiben a reptértől hegyek, dombok, tavak, kisebb vízesések és teaültetvények között vezetett az út a város belsejébe. A riksa lassan a legnagyobb zarándokhelyre, a Szent Fog Templomához érkezett. A zarándokok már készültek a körmenetre. Pompás díszbe öltöztetett elefántok hátán hordozták körbe a szent ereklyét. A templom bejáratánál állt Mr. Everest.

- Örülök, hogy eljöttek, kedves Mira. Üdvözlöm, Mr. Rodmell. Ha most még csak sejtik, miért kértem, hogy idejöjjenek a szent fog ereklye templomába, mire ennek a látogatásnak vége lesz, mindketten úgy fogják érezni, hogy nem csak egy csodás élménynyel lettek gazdagabbak - mondta sejtelmesen. - Kérem, most menjünk oda a bejárat elé, ahol a cipőnket le kell majd vetni - mondta. Mira és Mr. Rodmell követték a férfit.

Bent a bejárat egy folyosóra nyílott. A parkettás, keleti építészetet bemutató díszes, széles folyosón látogatók nézelődtek. Ha elfáradtak, egyszerűen leültek a folyosó szélén, és ott összetett kézzel imádkoztak.

- Erre - mutatott egy másik terem felé Mr. Everest. A terem végén, díszes faoszlopok között, elfüggönyözve kapott helyet a fog ereklye. Előtte jobbról-balról hatalmas elefántagyarból képeztek ívelt baldachint. Az ereklyét körben korlát védte. A korlát mellett egy szerzetes állt. Mr. Everest megállt előtte. Összetett kézzel meghajolt, majd azt mondta:

- A rendfőnököt keresem.

A szerzetes intett, hogy kövessék. Egy modern helyiségbe értek. Egy hosszú asztalnál ült a rendfőnök. Mellette öt férfi. Kettő fiatal, kettő elegáns öltözetű, diplomatatáskával. Amikor Mr. Rodmell, Mira és Mr. Everest beléptek a helyiségbe, a rendfőnök felállt. Összetett kézzel üdvözölte őket, és intett, hogy az asztal két oldalára üljenek le. Ezután Mr. Everest felállt, összetett kézzel a rendfőnökhöz fordult.

- Köszönet önnek, rendfőnök úr, hogy a két nagy múltú maharadzsacsalád értékeinek és dokumentumainak őrzését a mai napig, az 1820-ban kelt bérleti szerződés alapján gyakorolták és titokban tartották. Köszöntöm önöket, Mr. Agroha, az Agroha maharadzsacsalád uralkodó családfője, és két fia, Advik és Amey urak. A mellettünk helyet foglaló két úr a két család ügyvédje. Kérem, kedves Mira – fordult Mr. Everest a lányhoz –, vegye elő a két borítékot, amelyet az édesapjától kapott.

Mira izgatottan nyúlt a táskájába a két borítékért, és az asztalra tette.

- Most kérem a rendfőnök urat, hogy a megőrzött és az ön birtokában lévő bérleti szerződést helyezze egymás mellé.

- Azonosak – nézett mindkét családra a rendfőnök.

- Most megkérem, Mr. Agroha, ön is vizsgálja meg a két bérleti szerződés okmányait.

Mr. Agroha kezébe vette a két iratot. Felemelte, forgatta, a fény felé tartotta, majd a két ügyvéd és a két fiú nézte, forgatta a bérleti szerződéseket.

- Eredeti – szólalt meg Mr. Agroha.

- Most megkérem Mr. Kumeri ügyvéd urat, Deol Mira ügyvédjét, hogy adja át a rendfőnöknek a bérleti szerződés kérésemre írt felmondását. Ezzel egyidőben a rendfőnök járuljon hozzá az itt letétbe helyezett dokumentumok, ékszerek és vagyontárgyak átvételéhez és a későbbi elszállításához.

Mr. Rodmell és Mira csodálkozva nézett össze. Az ügyvéd a rendfőnök elé tette az iratot. Átolvasás után a férfi bólintott.

- Rendben - mondta. - Most, ahogy már korábban Mr. Everesttel megbeszéltük, mi két óra múlva visszajövünk. Akkor mindkét család jelenlétében átadjuk önöknek az értékeiket őrző ládák kulcsait. Az ékszereket és a többi vagyontárgyat a további megbeszélésünk szerint fogjuk a család részére kiadni - tette hozzá a rendfőnök, és a szerzetessel kimentek a teremből.

Ekkor Mr. Agroha felállt és Mirára nézett.

- Tisztelettel köszöntöm, kedves maharani. Először is bocsánatát kérem a két fiam minősíthetetlen viselkedése miatt - nézett a két fiúra. - Igaz, a tettüket a lassan lejáró határidő siettette.

Mindenki érdeklődve figyelte a férfit.

- Mint ön is tudja, az indiai köztársasági elnök rendeletet adott ki 1970 szept. 7.-én az indiai maharadzsák jóléti és kiváltságos jogai megszüntetésének tárgyában. Ez azt jelenti, hogy csak az a maharadzsacsalád élheti a korábban is jogos életvitelét, amelyiket a köztársasági elnök törvényesnek nyilvánít. De a törvényes tulajdonjogot csak az eredeti dokumentumok bemutatása után engedélyezi. Ez a határidő lassan lejár. A család tulajdonában van 29 palota, 30 gépkocsi, legelők, vadászkastélyok, lóversenypályák. Ezek birtokleveleinek ötven százaléka van nálunk. Önöknél van a másik ötven százalék. Amennyiben nem tudjuk igazolni a másik ötven százalékot, az állam minden ingatlanunk felét elveszi, és átadja másoknak használati célból. Ezért volt nagyon fontos a tulajdonunk másik felének örökösét megtalálni. Úgy tudom - nézett a maharadzsa Mr. Everestre -, hogy ön titokban még Sabalpurban felkereste az én két fiamat a szállodában, hogy érdeklődjön, miért rabolták el Mira maharanit. Akkor, ott a szállodában ön megállapodott a két fiammal a két család találkozójának megszervezése ügyében, az ügyvédek kiválasztásában, amit nagyon köszönök - bólintott elismerően Mr. Everestre. - Most a legsürgősebb feladat a két ügyvédre hárul. A két család megállapodása után elvégzik a birtokok kettéosztását. Igaz, hogy a palotáknak és a többi ingóságunknak és ingatlanjainknak csak a fele lesz a miénk, de az mind száz százalékos arányban. Így is elég lesz! - tette hozzá megkönnyebbülve a maharadzsa. - Higgye el, kedves maharani - nézett Mirára a férfi -, örömömre szolgál, hogy rendeződik a tulajdonjogunk, és még egyszer bocsánatot kérek öntől a kellemetlenségek miatt - mondta főhajtással a maharadzsa.

Mira és Mr. Rodmell is csodálkozva hallgatták a történetet. Ekkor Mr. Everest ránézett Mirára, picit elhúzta a száját, megemelte mindkét vállát.

- Ez van! - mondta, de még a tekintete is mosolygott. Mira csak csillogó szemmel nézte.

- Nincs még egy ilyen férfi - mondta mosolyogva.

Ekkor Mr. Agroha felállt, és elindult a terem közepe felé. A többiek is követték, várták, hogy visszajön a rendfőnök. Ekkor Mr. Agroha Mirához fordult:

- Szeretnék még valamit mondani önnek, kedves maharani. Tudja - kezdte a férfi -, mi minden évben elmegyünk kikapcsolódni a feleségemmel és a lányommal egy hétre a Mumbai– Delhi luxusvonatra. Ez az út 8 napot és 7 éjszakát tesz ki. Ez egy 21 kocsiból álló, elit osztályú, igazi ötcsillagos szálloda, inasszolgálattal és teljes ellátással. A vonat saját gyógyfürdővel, masszázsszobával, bárral, internetszolgáltatással, indiai és nyugati ételeket felszolgáló étteremmel rendelkezik. Sőt, az elnöki lakosztály egy igazi kocsit elfoglal. Hamarosan újra ezen a luxusvonaton fogunk, mint már említettem, a feleségemmel és a lányommal egy hetet eltölteni. Arra gondoltam, kedves maharani, hogy csatlakozhatna hozzánk a barátjával erre az útra - nézett Mira szemébe a férfi. - Akkor elfoglalnék önöknek is egy helyet. Természetesen ez az út az én fájdalomdíjam lenne önnek, kedves maharani. A lányom egyébként is ennyi idős lehet, mint ön. A jövőbeni ismerkedést nagyon elősegítené ez az egyhetes út - mosolygott rá a Maharadzsa. Mira egy kicsit bizonytalanul hallgatott, majd ránézett Mr. Agrohára.

- Nagyon szépen köszönjük. Örömmel elfogadjuk a figyelmes meghívást. Szívesen ismernénk meg a barátommal a kedves nejét és a szép lányát. Arra szeretném kérni, Mr. Agroha, ha módjában áll, majd kérem, értesítsen ennek az utazásnak a részleteiről. És még egyszer köszönöm a figyelmességet - mondta Mira összetett kézzel.

- Most azonban bocsásson meg, kedves maharani, de a fiaimmal kell még pár szót váltanom - mentette ki magát, és elindult a két fiú felé.

Mira ekkor odalépett Mr. Everesthez és a bányatulajdonoshoz.

- Látom, kedves Mira, Mr. Agroha már felvette önnel a kapcsolatot - szólt Mr. Rodmell.

- Igen, épp most hívott meg bennünket a barátommal egy egyhetes útra a Mumbai-Delhi luxusvonatra. Természetesen elfogadom - nézett a férfira.

A bányatulajdonos kissé csodálkozva nézte a lányt. Ekkor Mira Mr. Everesthez fordult.

- Még egyszer köszönöm, amit értem tett. Csupán érdeklődnék öntől, hogy mennyi szabadidővel rendelkezik, Mr. Everest? Ugyanis arra gondoltam, hogy szeretném anyagilag is meghálálni az odaadó mostani és az esetleges jövőbeni munkáját. Segítene nekem a további két család közötti egyeztetésben? Elvállalná-e az ügyintéző-szerepet?

Mr. Everest csodálkozva nézett a lányra.

- Köszönöm a bizalmát, kedves Mira. Bár a munkám és a tudományos kutatásaim sok időt elvesznek, úgy gondolom, hogy ide is illő a mondás, hogy ha valaki valamit elkezd, azt fejezze is be - mosolygott a lányra.

- Ha ez azt jelenti, hogy vállalja, Mr. Everest, azt nagyon megköszönöm. Ön valóban egy nagyszerű és kivételes ember - mosolygott Mira a férfira.

Ekkor nyílott az ajtó, és a rendfőnök jött vissza két szerzetessel.

- Most elvezetem önöket oda, ahol dolgaik találhatók - mondta, és a kezével mutatta az irányt a rendfőnök.

Mindenki követte. Egy kisebb helyiségbe értek. A két szerzetes ekkor mögöttük becsukta az ajtót.

- Kérem, most mindenki forduljon a két szerzetes férfi felé - mondta a rendfőnök.

Csodálkozva engedelmeskedtek. Az egyik szerzetes a rendfőnök felé bólintott. Ekkor mintha egy ajtó nyikorgása hallatszott volna, és az egymás mellett álló két kőoszlop jobbra-balra felnyílt, mint egy dupla ajtó.

- Forduljanak meg - hallották a rendfőnök hangját. Mindenki óvatosan elindult a ládák felé. Ekkor az egyik szerzetes odafordult Mirához.

- Kérem, maharani! Vegye át tőlem az eddig a széfben őrzött ládák kulcsait - és átadta a számozott kulcscsomót. - Ha végeztek, mi a másik helyiségben leszünk - tette hozzá a szerzetes.

- Kérem, kedves maharani - nézet Mirára a maharadzsa. - Mint jogos örökös és tulajdonos, kérem, mutassa meg nekünk a dokumentumokat, és ami még a ládákban található.

Minden ládán lakat volt. Minden láda és minden kulcs számozott volt.

Mira Mr. Everestre nézett.

- Segítene? - kérdezte.

A férfi átvette a kulcscsomót. A számozott kulcs illett a számozott lakatba. Mr. Everest felemelte a súlyos ládatetőt, majd egy lépést hátralépett. A többiek a láda felé indultak. Szépen elhelyezett, fekete bársonyon csillogtak a gyönyörű ékszerek.

A maharadzsa csodálkozva mutatott egy ékszerre.

- Ez az „alkonyat fénye" kollekció többi része! - mondta. A ládában több tálcán, szépen elrendezve, fekete bársonyon hevertek a szebbnél szebb ékszercsodák, de minden kollekciónak csak a fele volt ott.

- Kérem, Mr. Everest, a következőt - kérte Mira a férfit. A második lakatba is passzolt a számozott kulcs. Felemelte a láda tetejét. Abban is szép ékszerek csillogtak fekete bársonyon..

- Talán ez a sor az ékszereké. Nézzük meg a másikat is - szólt Mira.

Mr. Everest kinyitotta a következő sorban lévőt. Rendezett, gondosan csomagolt dokumentumok sorakoztak benne. Mira a legfelsőt felvette. Az egymáshoz tartozó iratok összekötve. Felül a szöveg: „Agroha Colony Raipur".

- Igazán gondos csomagolás - jegyezte meg elismerően Mr. Agroha.

- Most nézzük meg az összes ládát, majd a két ügyvéd és Mr. Everest beszéljék meg az elszállítás módját - fordult Mira a maharadzsához.

- Rendben - helyeselte Mr. Agroha. - De kérem, kedves maharani, minél előbb válassza ki, melyik palota legyen az ön központi helye ezután - mondta. Ebben én úgy tudnék segíteni, hogy végiglátogatjuk az összes palotát és a birtokokat. Kérem, szóljon, ha indulhatunk - mondta.

- Köszönöm a segítséget. A jövő héten még van egy halaszthatatlan elfoglaltságom Londonban, de azután csak a birtok meglátogatása és ügyintézés lesz a legfontosabb teendőm - folytatta a lány.

- De most, kérem - szólalt meg Mr. Agroha -, nagyon érdekelnének a ládákban lévő dokumentumok. Szeretném azokat végignézni - mondta.

Mr. Everest udvariasan nyitogatta Mr. Agroha előtt a ládákat. A férfi bele-belenézett az iratokba és sűrűn bólogatott, majd két fiával beszélgetett. Ekkor Mira odafordult Mr. Everesthez.

- Az legyen az első, Mr. Everest, hogy az összes dokumentumot biztonságba kell helyezni. Azok nem kerülhetnek senki kezébe. Addig innen nem szállíthatják el a ládákat, amíg én meg nem határozom, hol lesz az állandó lakhelyem - nézett határozottan Mira a férfira.

- Úgy látom, épp most születik egy kardos üzletasszony - mosolygott Mirára a férfi.

- Úgy gondolom, Mr. Everest, ha biztonságban van, csak azután jöhet a bizalom. Ezt öntől tanultam, miután kétszer megmentette az életem - mondta mosolygósan Mira. Lassan mindenki megnézte a ládákat, majd Mr. Everest lelakatolta őket.

- Lassan elbúcsúzunk, kedves maharani. Az ügyvédeink elkezdik a dokumentumok átnézését. Amikor ezt befejezik, elindulunk a paloták és a birtokok meglátogatására. Megbeszéljük, melyek maradnak nálunk, és melyikeket veszi át, kedves maharani. Ha ezzel is készen leszünk, épp indulhatunk a Mumbai-Delhi luxusvonatra, hogy kipihenjük ezt a hatalmas változást - nézett tisztelettel Mirára a maharadzsa. - Akkor mi indulunk is - mondta, és intett a két fiúnak és az ügyvédeknek.

Hárman maradtak a teremben. Mira és Mr. Rodmell beszélgettek, Mr. Everest kiment a helyiségből. A rendfőnök és a két szerzetes az ajtóban álltak. Mr. Everest a rendfőnökhöz fordult.

- Kérem, ha lehetséges, kaphatnék egy irattartót?
- Természetesen - mondta a férfi. - Az irodában van - nézett az egyik szerzetesre, és intett, hogy hozzon egyet. - Most a ládákat is majd csak én szállíthatom el a templomból.
- Úgy lesz, ahogy parancsolja, uram - bólintott rá a férfi. Ezután Mr. Everest visszament Miráékhoz. A második sorban lévő első ládához állt.
- Kérem a kulcsokat - tartotta a kezét.

Mira odaadta a kulcsköteget. Mr. Everest kinyitotta. Az összecsomagolt dokumentumokat kibontotta. Mindegyikbe beleolvasott. Három iratot kivett belőle. Ekkor lépett be a szerzetes az irattartóval. Mira és Mr. Rodmell csak nézte Mr. Everestet.

- Kérem - nézett a szerzetesre a férfi. - Ezt az irattartót és a kulcsokat is tegyék a páncélszekrénybe - mondta, miután az iratokat az irattartóba tette. - Ráírom a nevem. Csak nekem adhatják ki a kulcsokkal együtt.
- Igenis - mondta összetett kezekkel, majd meghajlással kihátrált a férfi.
- Látom, Mr. Everest, elkezdett a saját módszerével és előrelátásával dolgozni - szólt Mr. Rodmell.
- Természetesen - mosolygott rá Mr. Everest. - Nem szeretném, ha a kenyéradóm felelőtlen és hanyag munkámért esetleg elbocsájtana ebből a nagyon fontos állásból - mondta mosolyogva Mr. Everest. - Amíg nincs minden a helyén, addig a rossz bárhol megjelenhet - tette hozzá.
- Köszönöm, Mr. Everest, a precíz, előrelátó gondoskodását. Nagyon köszönöm - tette hozzá csillogó szemmel a lány, és mindhárman elindultak a kijárat felé.
- Úgy gondolom - szólalt meg Mr. Rodmell -, hogy egy korai vacsora mellett beszéljünk még erről a nagyon szép napról.

Mira és Mr. Everest is bólintott. A vacsora után az a hűvös pohár bor nagyon finom volt. Legalábbis Mr. Rodmellnél feloldotta a görcsös feszültséget. Meg is szólalt:

- Lehet, hogy nem nekem kellene önhöz fordulnom, Mr. Everest, de talán Mira megbocsát, ha azt kérem öntől, hogy avasson be minket, hogyan talált rá Mira örökségére? - kíváncsiskodott Mr. Rodmell.

Mr. Everest huncut mosollyal nézett a férfira.

- Tudja, Mr. Rodmell, amikor Mirát másodszor rabolták el, akkor gondoltam csak végig, ki vállal ilyen kockázatot és miért, hogy elraboljon egy lányt. Úgy gondolom, első alkalommal Mirát tényleg szervkereskedők rabolták el. Másodszor, azzal a fehér lakókocsival, mint már mondtam, csak meg akarták tudni, Mira-e az, akit kerestek. Ezt a fiúk el is mondták, amikor meglátogattam őket a szállodában. Mira és Mr. Rodmell csodálkozva néztek egymásra.

- Amikor önök is érdeklődtek a szálloda recepciósánál, hogy a fehér lakókocsi tulajdonosai elmentek-e már, én nem akartam bemenni, nehogy felismerjen a recepciós. Azért mondtam, hogy defektes a hátsó kerék, és így kint maradtam. Ezután gondoltam arra, hogy Mirának csak a táskája maradt. Emlékeztem a történetre, amit az egyik vacsoránál mesélt a borítékokról. De most bocsánatot kell kérnem, kedves Mira, mert amikor Saballal az ötvös műhelyben voltak, bementem az ön szobájába és megtaláltam a táskájában a két borítékot. Óvatosan kibontottam. Akkor láttam a családfát, a bérleti szerződést, és benne a négysoros verset. Nekem a negyedik sor volt nehéz. De amikor a hírekben hallottam Buddha szent fogának Srí Lanka-i ünnepéről, akkor döntöttem el, hogy elmegyek Kandibe, a fővárosba, és felkeresem a szent templomot. Ekkor fénymásolatot csináltattam a két boríték tartalmáról, és azután visszaragasztottam. A fénymásolt iratot megmutattam itt Kandiben a rendfőnöknek. Egyezik az eredetivel. De azt mondta, hogy csak az eredeti papírok tulajdonosának adja ki az örökséget. Azért jöttem Kandibe, mert nekem Mira öröksége volt az első - nézett a lányra Mr. Everest. - Ilyen mesébe illő történet talán csak száz évben egyszer születik. Ezért mindent meg kellett tenni, hogy tényleg igazi legyen - nézett Mirára.

- Köszönöm ismét, Mr. Everest - mondta csillogó szemmel a lány.

Ekkor a professzor felállt. - Elnézést, rögtön jövök - mondta, és elindult a mosdó felé. Mira, mintha csak erre várt volna, Mr. Rodmellre nézett.

- Szeretnék ma este, majd vacsora után négyszemközt beszélni önnel - mondta. - Meglátogathatom?
- Igen, persze, ha úgy gondolja, kedves Mira - biztatta Mr. Rodmell.
- Köszönöm szépen.

Az asztalon a borospohárért nyúlt, és kiitta, ami még volt benne. Mindketten körülnéztek az étteremben, ahol sokan voltak. Ekkor tűnt fel Mr. Everest. Leült, és ő is kiitta a pohárból a maradék bort.

- Tartalmas volt a mai napunk - szólt Mr. Rodmell. - Ha megkérhetem, Mr. Everest, rendeljen a holnap reggeli londoni járatra három jegyet - nézett a férfira a bányatulajdonos. - Vagy önnek van még valami más programja a kutatómunkával kapcsolatban?
- Egyelőre nincs - mondta. - Majd Mirával egyeztetünk az ékszerbemutató után, hogy hol szeretné a központját elfoglalni.
- Akkor egészségünkre - mondta, és elindultak fel a szobájukba.

Mira leült az ágy szélére, csak nézett előre, majd a két tenyerébe hajtotta a fejét. Látszott, hogy nagyon gondolkodik. Felállt, és odament az ablakhoz. Lent az utcán jöttek-mentek az emberek. Megfordult, majd újra leült az ágy szélére. Becsukta a szemét és hátradőlt az ágyon. Így maradt egy rövid ideig. Ezután felült, majd a táskájába nyúlt és kivette a borítékot. A családfát nézegette.

Ez most ajándék vagy átok? Van ilyen, hogy valaki kap az élettől egy ekkora lehetőséget és még csak fel sem fogja, milyen jövő vár rá? Most úgy érzem magam, mint egy fiatal királylány, akire rászakadt a korona és az uralkodás súlya. Mindenki ünnepel, de én kétségbe vagyok esve, hogyan leszek képes elfoglalni azt a birodalmat, amit kaptam. És persze jönnek majd a segítségek. Igen, meg fogják mondani a „bölcsek", hogyan kell majd viselkednem, hogy nekem jó legyen - gondolta. Megfogta a papírokat és visszatette a borítékba, majd azokat a táskába. Ekkor felállt, megigazította a ruháját és a frizuráját, és elindult az ajtó felé. Kilépett, és elindult Mr. Rodmell szobája felé.

- Szabad - hallotta, miután kopogott az ajtón. A férfi az asztalnál állt. Hellyel kínálta a lányt.
- Nehéz most a súly? - nézett érdeklődőn a lányra.

– Igen – bólintott Mira. – Ön, Mr. Rodmell, már nagyon sok mindent mesélt az életéről. Ahogy mondta, voltak örömök, csodák, és sajnos tragédiák is az életében. Volt, amit meg lehetett oldani, de volt, amibe csak beletörődni lehetett.
– Igen, valóban. Gondolom, most ön is azt érzi, kedves Mira, hogy önre szakadt a világ minden terhe.
– Igen, ezt érzem, de azt is tudom, hogy ezt a feladatot vagy örökséget nekem kell megoldani. Ez már szinte olyan, mint egy birodalmat irányítani, ám a birodalmakat sem csak egy ember irányítja, hanem minden posztra van egy-egy miniszter, aki annak a területnek a tudója. Nekem nem elég, ha sok okos ember intézi az ügyeket. Nekem, hogy mindig jó döntést hozzak, ki fog majd segíteni? Lesz-e valamikor is egy olyan ember, aki nem a vagyonomért fog szeretni? Lesz-e valaki mellettem, amikor kilátástalanul látok valamit? Ki jön hozzám ilyenkor, hogy azt mondja: „Te okos vagy, kezdd csak el, és tedd azt, amit megbeszéltünk. Meglátod, jó lesz így". És ha így is lesz, tényleg el fogom hinni neki? Ezeket a szavakat tényleg komolyan is gondolja? – nézett csillogó szemmel Mira a férfira. – Ön szerint, Mr. Rodmell, valamikor lehet nekem egy ilyen társam? – hajtotta le a fejét.
– Tudja, kedves Mira, nemrég egy lány állt előttem az irodában. Bejött egy jóvágású fiú. Mondott pár mondatot. Én végig a lányt figyeltem. A pupillái kitágultak, ahogy hallgatta a fiút. De amikor az a fiú a lányhoz lépett, a lány arca kipirult. Ekkor megfogta a lány mindkét kezét, a szemébe nézett és megmutatta mindenkinek: így fog az ő briliánsa csillogni, ahogy most a lány szeme csillog. Mert neki az ön szeme csillogott a legszebben a világon. Ön ennek a fiúnak elhitte, hogy ahogyan ő készíti a briliánst, úgy a legjobb. Egyszer, ha majd önnek igaz szavakra lesz szüksége vagy kételkedik magában, talán majd azt is elhiszi, ha azt mondja: „Mindig melletted leszek, mert fontos vagy nekem". De tudom – folytatta Mr. Rodmell –, hogy talán az élethossz sem elég, hogy egy ilyen valódi társat találjunk. Ön most, kedves Mira, úgy érzi, hogy néha a mennyországban van, mert ez történt önnel, de néha a pokol is meglátogatta már a

kétségei miatt. Ezért szeretném most önnek elmondani, hogy a londoni ékszeraukción a férfimanöken Sabal lesz.

Mira mostanra alig látott ki a fátyolos szeméből. Lehajtott fejjel hallgatott.

- Én nem fogom a fiúnak megmondani – folytatta Mr. Rodmell –, hogy önnel milyen változás történt. Ott majd önnek kell Sabal szemébe a csillogást belevarázsolni – nézett biztatóan Mirára a férfi. A lány csak hallgatott, majd a férfi szemébe nézett.

- Ön, Mr. Rodmell, egy nagyszerű ember.

- Tudja, kedves Mira, én önt egy őszinte, érző embernek ismertem meg. Ön most kapott egy feladatot az élettől, és azt a legjobb tudása szerint, becsületesen el akarja végezni. De úgy látom, hogy önnek is és a feladatnak is kell egy igazi társ. Ezért a repülőút után az első dolgom lesz Sabalt Londonba hozatni.

Mira csak hallgatta a férfit, majd a szemébe nézett.

- Köszönök mindent, Mr. Rodmell. Igazán köszönöm – mondta. Felállt, helyére tolta a széket.

- Jó éjszakát – mondta, és elindult az ajtó felé. Miközben kilépett, még visszanézett a férfira. Mr. Rodmell biztatóan nézte a lányt. Bólintott, miközben Mira becsukta maga mögött az ajtót.

A szobában lerogyott az ágy szélére. Ekkor szakadt fel benne a feszültség, és hagyta hullani a könnyeit. Mikor kissé megnyugodott, elindult a fürdőbe. A víz meleg, néha forró volt, de ő csak állt a forró zuhany alatt.

Ez után a bemutató után vajon tényleg nekem is lesz egy igazi társam? – gondolta. *Jól éreztem, hogy amikor beszélgettünk és azt mondta a végén, „ma is jó volt veled", azt ő is komolyan gondolta?* – tépelődött a lány. *Van ekkora szerencse az életben, hogy a hirtelen jött vagyon mellé még jó embert is ad a sors?* – gondolta, és hagyta, hogy a forró víz csak égesse a csupasz testét.

Másnap a repülőút hosszú volt. Csak késő este értek Londonba. A repülőtéren egy taxi Mirát a szállodába, Mr. Rodmellt és Mr. Everestet a lakásukra vitte.

- Holnap 10-kor felhívom, hogy Sabal mikor érkezik – szólt Mr. Rodmell a lányhoz.

- Jó éjt – búcsúzott Mira a szálloda előtt a férfiaktól.

Másnap délelőtt csörgött Mira telefonja.
- Délután hatkor ér be Sabal gépe. Foglaltam neki is egy szobát ott, ahol ön is lakik. Arra kérem, kedves Mira, hogy majd a vacsoránál hívjanak fel, hogy a másnapi bemutatóról beszéljünk. Kérem, legyen a fiú idegenvezetője és vigyázzon rá, mert az értékeinkre nagyon fontos vigyázni – mosolygott a telefonba Mr. Rodmell.

Egész nap sok minden járt Mira eszében. Édesapja mindig azt mondta: „gondolkozz úgy, ahogy tőlem láttad, de majd élj úgy, ahogy édesanyád tanított". „Tudod, kislányom, inkább a lelked legyen erős, ha a tested nem is olyan acélos." *Mostanában többször gondolok rájuk. Örülök, hogy ilyen természete volt a szüleimnek* – gondolta. Várta már a délután 6-ot, hogy Sabal gépe megérkezzen. Biztosan jön majd felém, és azt fogja mondani: „hiányoztál". *Igen, mert eddig mindig őszintén társalogtunk egymással, mintha önmagunkkal beszéltünk volna* – gondolta.

Lassan teltek az órák. Már korán kiment a reptérre. A váróban kárpitozott sorülések kínálták a kényelmet. Egy laza figura a sorülésekből négy részt elfoglalva aludt kényelmesen. Azért, hogy le ne essen az ülésekről, a felhajtható karfákkal „leszíjazta" magát. De szerencsére nem horkolt. Ekkor ment el mellette egy kisfiú. A testén egy „testpóráz", mint amilyennel a kutyákat vezetik. A másik póráz végén egy kutya volt. Egy közeli sorülés közepén egy férfi aludt. Jobbra-balra két kis ikerlány kezében papír és filc. Az alvó apa rövidujjú pólóban volt. A két kislány az apa két karjára piros, fekete, zöld filccel figurákat rajzolt. Sokan találgatták, milyen figurák akarnak lenni, de az apa aludt, mint a bunda. Az egyik tartóoszlopnál egy felfújható, dupla magasságú matrica volt. Egy pár békésen aludt, és a kiskutya is közöttük. Egy tinilány elővett a bőröndjéből egy sárkányjelmezt. Szépen belebújt, a száján kinézve kémlelte az utasokat. A kezében egy színes tábla „I missed You..." felirattal. (Annyira hiányoztál, hogy meg tudnálak zabálni.) Azon már nem is csodálkozott a lány, hogy egy másik figura két tartóoszlop közé egy hintaágyat feszített ki, ami alatt négy fehér, pár hónapos kiskutya hevert lazán. Jól szórakozott Mira azon, amit látott.

Nemsokára megérkezett a gép. Mindenki kutatta a tömegben, akire várt. A csomagok is érkeztek. Mindenki a poggyászát kereste. És olyan érzéssel, mint az első találkozáskor, Mira meglátta a fiút. Indiai, éles arcvonások, élénk szem, férfias tartás, érdeklődő tekintet. Mira csak őt látta. Állva várta a közelgő fiút. Sabal közelebb ért, és akkor látta a lány arcán a mosolyt. Sabal sportos volt, de elegáns. Feszítette a ruháit az arányos teste.

– Hiányoztál – mondta, és a lány szemébe nézett.

– Te is – válaszolta Mira, majd kézen fogva indultak a kijárat felé.

Nehezen sikerült egy taxit fogni.

– A Park Pláza Westminster Hotelba – mondta Mira a sofőrnek.

Az úton erős volt a forgalom. A fiú érdeklődve nézett a lányra. Mira felé fordult. Ekkor érzete, hogy Sabal keze az ő kezére csúszik, és alig érezhetően kissé megszorítja. „Jó, hogy itt vagy" – hallotta a lány. Hogy mi történik a taxin kívül, az senkit nem érdekelt. Mikor a szív ilyen hevesen dobog, az agyban leszáll a rózsaszín fátyol. Így maradtak, míg a taxi a szálloda előtt megállt. Sabal, kezében a csomaggal, követte a lányt a recepcióhoz.

– Vidd fel a holmidat. Itt várlak – mondta Mira, miután Sabal bejelentkezett.

A fiú gyorsan visszajött. Bementek az étterembe. Az asztalnál italt rendeltek.

– Most felhívjuk Mr. Rodmellt, hogy elmondja a holnapi programot – szólt a fiúhoz Mira. Sabal belekortyolt a felszolgált italba. Mira közben hallgatta Mr. Rodmellt, majd kinyomta a telefont.

– Holnap ebéd után megyünk az aukciósházba. Délután négy órakor nyitják meg a bemutatót. Ott felvesszük a népi viseletet és az ékszereket. A végén ismerkedünk a többi résztvevővel – sorolta Mira a fiúnak.

A pincér közben meghozta a kiválasztott vacsorát. Sabal, mint ahogy egy éhes férfi teszi, jóízűen kiürítette a tányérját. Mira is hamar végzett a vegán fogásával. Sabal megvárta, míg Mira is befejezi az evést, és a lányra nézett.

– Eldöntötted már, hogy hol és hogyan szeretnéd a további éveket leélni? – kérdezte.

Mira megtörölte a száját, hogy legyen még idő végiggondolni, mit válaszoljon, majd a fiúra nézett.

– Tudod – kezdte –, így, hogy egyedül maradtam, át kell vennem a megüresedett szülői házat. Itt az egyetemen elmaradt egy-két vizsgám, amit pótolnom kell. Ez az utolsó évem. A sikeres év kell a diplomámhoz. Azután majd meglátom – nézett a fiúra. – Én inkább arra lennék kíváncsi, te hogy képzeled el a további életed – nézett Sabalra a lány.

A fiú nem ezt a kérdést várta. Kicsit gondolkodott, majd így szólt:

– Tudod, így, hogy a gyémántcsiszolással egy biztosnak látszó jövőm lett, szeretném majd szépen, sorban felépíteni a jövőmet. Így, hogy már a kishúgom is szépen végzi a gyémántcsiszolást, biztosabbnak látjuk mindketten a jövőnket.

– És te már gondolkodtál azon, mit szeretnél a következő években csinálni? – szólt közbe a lány.

– Tudod, Mira, nem vagyunk gazdagok, de mi már többet szeretnénk elérni, mint a szüleink. Először is nagyon kell figyelni a munkánkra, nehogy elveszítsük. Szeretnénk pénzt is félretenni, és magamnak jó dolgokat venni.

– És mire akarsz gyűjteni? – kérdezte Mira.

– A húgomon látom, milyen boldog, ha egy szép ruhát vagy elegáns cipőt tudunk neki venni. Én egy szorgalmas időszakot gondoltam magamnak. Az sem baj, ha többet kell dolgoznom, de azt akarom, hogy mire eljön az idő, annak, aki mellettem lesz, meg tudjam adni a lehető legszebb dolgokat.

Mira csak nézte a szenvedélyesen beszélő fiút.

– Én most nem extra dolgokra gondoltam, hanem, hogy amink lesz, az szép és ízléses legyen. Biztosan majd ő is csak olyasmit fog választani, ami neki a legmegfelelőbb. Ez az ő döntése. Az én dolgom, hogy biztonságban érezze magát mellettem. Mivel látja majd, milyen sok munkával sikerül a dolgainkat megszerezni, okosan fogja beosztani, amit megkeresünk. Mert tudod – nézett Mirára Sabal –, ha látom, hogy megbecsüli, amit elértünk, azért szeretném én őt megbecsülni – hajtotta le kissé a fejét.

Mira csak nézte a fiút.

- Ennyire fontos neked az a lány, akit majd választani fogsz? - nézett rá kérdőn.
- Mira, ha az a lány majd azt érzi mellettem, hogy nekem ő az első, talán könnyebben éljük át a nehezebb időket.
- És mondd, Sabal, ezeket most miért nekem mondtad el ilyen átéléssel? - kérdezte.
- Tudod, amikor majd egymás mellett álltok valakivel, akivel a jövőt elképzelted, érezned kell, hogy ő vállalja-e olyan erős hittel, mint te.

Mira átnyúlt az asztalon, és megfogta Sabal kezét. A fiú csodálkozva nézett Mirára.

- Tudod - kezdte a fiú -, én olyan őszinteséget szeretnék majd rajta is látni, ahogy te hallgattál rám, néztél rám, és talán gondoltál rám. Ha olyan komolyan vesz, mint te, úgy tudunk beszélgetni, mint veled, és a bizalom is olyan természetes vele, mint veled, akkor érte mindent meg fogok tenni. De most ne hidd, hogy a mennyben járok, amikor ezeket az érzelmeket neked elmondom. (Mi, amikor beszélgettünk, sohasem hazudtunk egymásnak.) Azt észre lehet venni. Tudtuk, mi a dolgunk, és azt tettük. De azt, hogy holnap, a bemutató után hogyan döntesz, én nem tudom. Lehet, hogy a szülői ház lesz az otthonod? Lehet. Talán a jövő más irányba sodor bennünket? Azért voltam ilyen őszinte, mert nincs vesztenivalóm. Akartam, hogy tudd, hogyan éltem meg a közösen eltelt időt.

Mira csak hallgatta a fiút.

- Gondolom, holnapután egyedül utazom haza, és folytatom a munkámat - mondta szinte csak úgy magának Sabal. - Telnek majd a hétköznapok, és csak akkor lesz ünnep itt bent - mutatott a mellkasára -, ha eszembe jut a biztonságot sugárzó, okos lány, Mira - mosolygott rá a fiú.

- Nehéz bármit mondani, Sabal, de valamit azért szeretnék megkérdezni tőled - nézett komolyan a fiúra. - Akkor is ez lenne a véleményed rólunk, ha például én királynő lennék, te pedig a férjem, a herceg? - kérdezte. - Azt is elviselnéd, hogy nem te vagy a parancsoló király, csak egy herceg a királynő mellett? - nézett mosolyogva Mira a fiúra.

- Tudod - kezdte Sabal -, múltkor néztem a televízióban a királynői beszédet, ami a parlamentben volt. Az évet értékelte. A hivatalos beszédben sokszor hálás volt a férje tanácsai miatt is; többször megemlítette, hogy ő csak azért lett elismert és hiteles uralkodó, mert a férje, a herceg tanácsai alapján döntött úgy, ahogy végül is döntött. Egy kicsit kényelmesebb a háttérben maradni akkor, amikor több idő van végiggondolni, milyen tanácsot adjon a királynőnek. Igen, elfogadom, hogy herceg vagyok, mert azt tudom, hogy te is hinnél nekem, mert én is hinnék benned - nézett a lányra Sabal. - De ugye nem azt akarod mondani, hogy szerepeljünk egy mesében, mint egy igazságosztó királyné és az ő hercege? - nevetett a fiú.

- Sabal, a valóság és a mese abban különbözik egymástól, hogy mi éljük-e meg a történetet, vagy valaki más - mondta sejtelmesen a lány.

- Nem tudom, Mira - kezdte a fiú -, de nekem tetszett, hogy ilyen vidámra sikerült ez a vacsora. Biztosan sokáig fogok emlékezni erre az estére - mondta mosolyogva. Mira ekkor a fiúra nézett. - Meg vagyok győződve róla, hogy ezt a vacsorát egyhamar nem fogjuk elfelejteni.

- Köszönöm ezt az estét, Mira. Ma is jó volt veled - tette hozzá a fiú.

Mira csak nézett rá mosolyogva.

- Köszönöm a szép estét, Sabal. Tényleg jó volt veled is - mondta. - Most már csak arra leszek kíváncsi, milyen fogadtatása lesz holnap a bemutatón a kollekciónknak. De most így, vacsora után jól fog esni egy forró fürdő - nézett a fiúra Mira.

- Igazad van. Hosszú volt ez a nap. Egészségünkre - mondta Sabal. Mindketten felálltak az asztaltól és elindultak a kijárat felé.

Másnap a svédasztalos reggelinél találkoztak. Délelőtt metróval utaztak az aukciósházhoz. Mira ismerte a várost. A belvárosban megálltak egy kirakat előtt. Épp menyasszonyi ruhába öltöztettek egy bábut. Mira Sabalra nézett, elmosolyodott, és mentek is tovább. Már dél volt, mikor az aukciósházhoz értek.

Mira és Sabal érdeklődve nézegettek körül a teremben. Ekkor jött szembe velük Mr. Everest.

- Önt is ennyire érdekli az ékszerek világa? - kérdezte Mira a férfit.

- Tudja, kedves Mira... - de tovább nem tudta folytatni, mert Mr. Wolf, az aukciósház tulajdonosa ekkor ért oda, és közbeszólt:

- Minden rendben van a biztonsági szolgálatnál? - kérdezte a férfi.

- Igenis, Mr. Wolf.

- Kérem, Mr. Everest, ha bármilyen jelentenivalója lesz, időben tegye meg. Az emberei a helyükön vannak?

- Mindenki tudja a dolgát, Mr. Wolf. Bármi jelentenivalóm lesz, időben jelentkezem önnél - mondta.

Mr. Wolf bólintott, és már ment is tovább.

Mira csodálkozva nézett Mr. Everestre. A férfi először mosolyogva elhúzta a száját, majd komolyan Mirára nézett.

- Tudja, kedves Mira, én megbízási szerződéssel dolgozom. A napokban önnel is megállapodtunk, hogy míg el nem végzem a munkám, amivel ön megbízott, addig az ön embere vagyok. Itt, most, a bemutató alatt a biztonsági terület vezetésével bíztak meg. Én vagyok most a biztonsági terület vezetője. Jövő héten, ahogy megállapodtunk, az ön szolgálatában leszek, mint a dolgok ügyintézője - nézett Mirára a férfi.

- Igen, valóban - nézett csodálkozó szemekkel Mira. - De akkor a professzor dr. Everest, a rovartani tanszék professzora szintén csak megbízásos professzor? - mosolygott a lány.

- Kedves Mira. Az élet olyan unalmas lenne, ha néha nem színeznék ki valamilyen színnel. Ezért nekem még van egy-két színes ceruzám, hogyha kell, a szürkét színesre tudjam cserélni - mosolygott a férfi a lányra. - Mikor Mr. Rodmell Indiába indult, az aukciósház tulajdonosától kaptam egy megbízásos szerződést, hogy őt az indiai útján árnyként kövessem. Mr. Rodmell bányáira nagyon nagy szüksége van az aukcióháznak a minőség, a megbízhatóság, és nem utolsósorban a kedvező árak miatt. Ezért voltam ott, amikor az ön balesete történt, ezért tudtam önnek is segíteni – mosolygott Mirára a férfi.

– Meg kell mondanom, nagyon ügyesen csinálja, Mr. Everest. Nagyon boldog leszek, ha a jövőben mi is ilyen eredményesen tudjuk az előttünk álló feladatokat megoldani – mondta a lány.

Ekkor érkezett meg Mr. Rodmell.

– Lassan készülnünk kell, kérem, a bemutatóra. Megmutatom, melyik helyiségben vannak a ruhák a ruhák és az ékszerek – nézett Mirára és Sabalra a férfi.

A két fiatal követte őt. Külön-külön teremben öltöztek át. Ott várták, mikor szólítják őket. Az ünnepi megnyitó után egymás mellett indultak a kiállítóterembe. Tapssal fogadták őket. Így, együtt még hatásosabb volt a két fiatal ékszerbemutatója. Gyönyörűek voltak mindketten. Tapssal vonultak az öltözőbe. Sabal, miután átöltözött, a kiállítóteremben várta Mirát, de a lány csak nem jött. Ekkor Mr. Rodmell jelent meg a teremben. Fejbólintással intett az aukciósház tulajdonosának, Mr. Wolfnak. Ekkor a férfi kiállt a terem közepébe.

– Kis figyelmet kérem! – mondta. – Nem mindennapi vendéget szeretnék bejelenteni önöknek. Ma az a megtiszteltetés ért bennünket, hogy jelenlétével egy előkelő indiai maharani emeli a bemutató fényét. Kérem, fogadják nagy tapssal Deol Mira maharanit!

Ekkor a terembe lépett talpig fekete estélyit, csillogó nyakláncot, fülbevalót és fejdíszt viselő Mira.

A lány előkelően mosolyogva, mint egy igazi uralkodónő, vonult a terembe. Fenségesen körülnézett. Sabal döbbenten állt az emberek között. Mira a taps után megszólalt:

– Köszöntöm önöket az aukciósház bemutatója alkalmából. Örömömre szolgál, hogy mi is elhozhattuk önöknek India népi ékszerkollekciójának gyöngyszemeit. Mint önök is tudják, a mi hazánk bányáiból már nagyon sok értékes drágakő került elő.

Sabal nem bírta tovább. Elindult a kijárat felé, majd irány a nagykapu. Lehajtott fejjel ért oda. Ekkor Mr. Rodmell jelent meg a kapunál. Sabal megállt előtte. A két férfi nézte egymást.

– Ön tudta? – kérdezte döbbenten a fiú.

- Igen, két napja tudom - mondta Mr. Rodmell. - Itt az épületben van egy presszó. Ott foglaltam le egy asztalt hármunknak. Amikor Mira végez a beszéddel, kértem, hogy jöjjön oda - mondta halkan Mr. Rodmell.

- De én nem akarok Mirával beszélni! Mit mondjak neki? - fakadt ki a fiú.

- Ő akar veled beszélni - nézett Sabal szemébe a férfi. - Neki van mondanivalója számodra. Ha meghallgattad, tégy úgy, ahogy jónak látod, de kérlek, adj egy esélyt ennek a beszélgetésnek. Kérlek! - mondta halkan Mr. Rodmell.

Pár másodperc múlva Sabal ránézett a férfira és bólintott. Megfordultak, és elindultak az épület felé. A presszóban már ott volt Mira. Mindhárman leültek az asztalhoz.

- Mira - szólalt meg Mr. Rodmell. - A megváltozott körülményei miatt ma délelőtt nyitottam önnek egy bankszámlát egy elfogadható összeggel. Amíg nem rendelkezik biztonságos bevétellel, kérem, használja az összeget. Mivel én is üzletember vagyok, és most már ön is az, elég lesz majd csak az év végén visszatenni ezt az összeget az én számlámra. De még arra kérem, hogy este hívjon fel, ha ön is így akarja - mondta, és kisétált a teremből.

Ekkor Mira szólalt meg:

- Bocsánatot nem kérek - kezdte a lány -, de kérlek, hallgasd meg, amit mondani szeretnék.

Sabal kérdőn nézett a lányra.

- Mikor megtudtam, hogy a szüleim elvesztésével egyedül maradtam, a biztonságomat is elvesztettem. Ezután a repülőn - ahogy már mondtam neked - Mr. Rodmell megszólított egy mesével. Figyelmes volt és gondoskodó. Mikor a szervkereskedők elraboltak, Mr. Rodmell és Mr. Everest kimentettek a biztos halálból. Egy vacsora alatt meséltem nekik, hogy a szüleim rám hagytak két borítékot. Mr. Everest kiderítette, hogy én egy régi maharadzsacsalád leszármazottja vagyok, és hogy mégis van egy nagy vagyon, ami engem illet. Két napja Mr. Everest megszervezte Srí Lankán a két maharadzsacsalád találkozóját. Kandiben, a templomban van a szent fog ereklye. Oda rejtette az én ősöm ezt a vagyont. Ott mutattuk meg a két borítékban lévő bérleti szerződést, és hogy én vagyok az egyetlen törvényes örökös. Mindez négy napja történt. Tudod, Sabal, ha teljesen egyedül vagy és ennyi esemény rád szakad, ez a felelősség súlyosan össze tud roppantani. Nekem ezután majd az örökséggel szerzett vagyont kell tovább működtetni, de most még azt sem tudom, hogyan. Engem ilyen fiatalon, egyedül, kevés ismerettel könnyen félrevezethetnek az úgymond „jóakaróim". Itt legalább 15 kastélyról, lóversenypályákról, mezőgazdasági területekről és még ki tudja, miről van szó, amit ezután működtetni kell. De én ezt egyedül nem tudom. Döntenem kell, ki az a személy, aki úgy érez, mint én, és segít a döntésekben, ha bizonytalan vagyok. Kinek az igazát higgyem el a döntés előtt? Kinek a tanácsát hajtsam végre, hogy biztos az legyen majd nekem is a legjobb? Kitől kérjek tanácsot, akiben őszintén megbízom? Kinek a mosolya mögött van az az ördögi, harácsoló ármánykodás? Ki tenné meg értem, hogy józanul, megfontoltan, az én érdekeimet nézve adna tanácsot, amit én kétségek nélkül el tudnék fogadni? Sabal – nézett a fiú szemébe Mira. – Nincs senki más, akiben megbízom, csak te egyedül, aki úgy mutatod be a briliáns csillogását, hogy könnyet csal a szemembe. Aki éjjel egy órakor berohan az égő házba, nem fél attól, hogy őt is baj érheti, és ölben visz le a tűzoltólétrán, és akivel ha beszélek, semmilyen kétség nincs bennem, hogy amit ő mond, csak az az egy igazság lehetséges. Ez a személy te vagy, Sabal – nézett a fiú szemébe Mira.

Sabal szemlesütve bólogatott.

– Akkor azért faggattál tegnap este, mert tudni akartad, hogy ha ezt majd ma elmeséled, akkor már tisztában légy az érzéseimmel, és azzal, hogyan érzek irántad?

– Igen, Sabal. De azt tudnod kell – folytatta a lány –, hogy a saját sorsodról egyedül csak te döntesz. Eddig az én helyzetemről és a lehetséges jövőmről beszéltem. Azt szeretném tudni, az elmondottak ismeretében mi lenne a te javaslatod velem, veled és az örökségem működtetésével kapcsolatban – nézett Sabal szemébe a lány.

– Meg fog lepni, amit mondani fogok a kérdésedre – nézett a fiú Mirára. – De a válaszom, nem egy szerelmes fiú válasza egy szerelmes lánynak, hanem tőlem egy felelős javaslat egy igazi és őszinte üzletasszonynak.

Mira csak nézte a fiút.

– Te, Mira, teljes bizalmat adtál nekem, és cserébe én is teljes bizalmat adok. Úgy gondolom, ha az életüknek megvan a közös célja, azért, hogy sikerüljön, egymásért és a céljainkért mindent el tudunk viselni. A te lelked, Mira, nagyon szép és erős. Most mindketten egymás iránti érzelmekkel vagyunk tele. Ezért úgy gondolom, hogy jelenleg, ebben az állapotban életre szóló döntést nem kellene hozni. Ám a bizonytalanság megöli az egymás iránti érzelmeket. Azt szeretném javasolni, mint királyi herceg az ő királynéjának – mosolygott a lányra –, hogy döntsünk később.

Mira kérdőn nézett a fiúra.

– Királyném, azt tanácsolom, hogy ha felséged is úgy gondolja, kezdjük el a közös feladatok végzését akkor, amikor az első feladat megérkezik. Úgy gondolom, hogy az üzleti ügyekben hideg fejjel kell dönteni. Adjunk esélyt egymásnak, hogy előjöjjenek azok a tulajdonságaink, amit majd a másiknak el kell viselnie. Tudjuk meg, ki hogy kezeli a problémákat, és milyen a másik igazi természete. Ez az időszak azonban ne legyen olyan hosszú. Úgy gondolom – illetve most már azt mondom, hogy azt tanácsolom –, felség, hogy a közös munkánktól a hetedik év végéig nyilvánítsuk ki egymásnak a közös jövőnk folytatását. Ha a javaslatom elnyeri felséged tetszését, kérem, tájékoztasson majd a végleges döntéséről – nézett mosolygós szemmel a fiú Mirára.

A lány csak nézte Sabalt. Tetszett neki, hogy ilyen kényes döntést így tudott kezelni. Ekkor Sabal arca komoly lett. Ránézett a lányra.

– Tudod, Mira, eddig is, amikor esténként elváltunk, mindig azt éreztem, amit többször mondtam is, hogy „ma is jó volt veled". Az önfegyelmed nagyon nagy. Az első hét év azért kell, hogy úgy formálódjunk, hogy a másik elfogadjon minket. Ne én formáljalak téged és ne te formálj engem, hanem figyeljünk, mi zavarja a másikat és próbáljuk azt elhagyni, hogy jó legyen együtt lenni egymással. Szeretnék, királyném, a hivatalos helyeken a herceged lenni, hogy majd otthon, a magánéletben társak lehessünk, és hogy minden este azt mondhassam neked, hogy „ma is jó volt veled, Mira".

Hét év múlva…

Raipur

A helyi üzleti újság címlapján megjelent a következő közlemény:

Az év végén házasságra lép
Deol Mira
Amil Sabal
Az ünnepséget a Deol Mira Maharani érdekeltségeihez tartozó Agroha Hotelben tartják.

Vége

novum KIADÓ A SZERZŐKÉRT

Értékelje ezt a könyvet honlapunkon!

www.novumpublishing.hu

A szerző

Horváth László 1949-ben született Sümegen. Édesanyja az 1960-as években írt néhány novellát, melyek a rádióban is elhangzottak. Fiatal korában szövegeket írt egy zenekarnak, ám később sem ideje, sem energiája nem volt, hogy folytassa az írást. Nyugdíjazása után kezdett ismét foglalkozni ezzel a témával. Hat műve már megjelent e-könyv formában. Ez az első története, mely nyomtatásban lát napvilágot.

A kiadó

> *Aki feladja,
> hogy jobbá váljon,
> feladta,
> hogy jobb legyen!*

E mottó alapján a novum publishing kiadó célja az új kéziratok felkutatása, megjelentetése, és szerzőik hosszútávú segítése. Az 1997-ben alapított, többszörösen kitüntetett kiadó az egyik legjelentősebb, újdonsült szerzőkre specializálódott kiadónak számít többek között Ausztriában, Németországban és Svájcban.

Valamennyi új kézirat rövid időn belül egy ingyenes, kötelezettségek nélküli kiadói véleményezésen esik át.

További információkat a kiadóról és a könyvekről az alábbi oldalon talál:

www.novumpublishing.hu